異界怪談
底無

黒 史郎

竹書房文庫

目次

いらないでしょ

カスミさんは五年前の暮に夫を亡くした。

二年の苦しい闘病生活のあいだ、一度だけ夫婦で交わした会話がある。

「おれがいなくなったらどうする?」

この世へ残していく妻の、その後の人生についてだ。

再婚は考えていないと答えると「そんなのダメだよ」と叱られた。おれがおまえの人生を縛りつけているみたいだ、おれが死んだらすぐに指輪なんかとっちまって新しい人を探すべきだ、まだお前には長い人生があるのだから、と。

すぐに指輪をはずすなんてできない、そう思っていた。

しかし、昨年の命日の二日前、カスミさんはとうとう指輪をはずした。

生前の夫の想いにやっと応えることができた、というわけではない。

数日前から指輪をつけている左の薬指に疼痛があり、鬱血《うっけつ》したような色になって熱を持ちだしたからである。

夫の入院中にずいぶん食が細くなり、炊事中に何度も抜け落ちるくらいに緩くなっていたのだ。それが、どんなにはずそうと力をこめてもビクともせず、痛みはどんどん増していく。

病院で大袈裟な処置をされるのも嫌なので、ネットで指輪のはずし方を調べてやってみたら、なんとかはずすことができた。かなり食い込んでいたようで、指輪の痕はどす黒い赤色に変色していた。

いつまでもはずそうとしない自分に、夫が強引な方法をとったのかもしれない。

この時は、そう受け取ったのだという。

命日になって、姉夫婦が家へ来てくれた。

夕食に近所の回転寿司屋へ行くと、向かいに座った五歳の甥がテーブルの下でカスミさんの手をグッと掴んできた。その直後、チクッと痛みが走ったので驚いて手を引っ込めると、カタンと何かが落ちる。

テーブルの下にハサミが落ちている。

それはカスミさんの自宅にあったハサミだった。

左手の薬指の根元には切り取り線のように傷ができ、うっすらと血が滲《にじ》んでいる。

姉は甥をきつく叱りつけ、どうしてこんなことをしたのかと問い質《ただ》した。

「指が六本あったから」

もういらないと思ったのだという。

見せてもらったが指輪の痕は完全に消えていた。

ここに指輪をつけることはもうないとカスミさんは言う。

おとうさん

夜中の一時から二時の間に玄関のドアを静かにコン……コンと叩かれる。

井上さんはその音を物心がつく頃から聞いていた。

コンと鳴ると決まって三拍ほど間をおいてから、もう一度、コンと鳴る。叩かれるのは、その一度だけ。だからノックのようにも聞こえない。

音の鳴った後になにか怖いことが起きるわけでもない。こういうことが二日、三日と続くこともあれば、何週間も起きないこともある。

その音を一度も怖いと思ったことはなかった。ただ、今になって「あれはなんだったのか」と思い返すことがあるという。

毎晩、件の音が聞こえるその時間まで、なぜか家族全員で眠らずに起きていたというのである。

どんなに眠くても目を閉じることを許されず、うとうとすると親に叩かれて起こされる。そうして玄関から音が聞こえてくるのをじっと待ち続け、コン……コンと聞こえると、ようやく眠ることを許されたという。

理由を知りたかったが当時は聞けない空気のようなものがあった。

自分が大きくなったらいつか聞こうと思っているうちに大人になってしまい、両親は三人の息子たちに何も語らぬまま、十年前に交通事故で亡くなってしまった。

このことは兄弟のあいだでも話題に上がったことがなく、一昨年の盆に実家へ集まった時、初めて弟たちとその話をした。

次男はあまり覚えていなかったが、実家に一人で暮らしている三男に訊ねると鮮明に覚えていることがあるという。

母親がその音のことを「おとうさん」と呼んでいた、と。


おとうさん、今日もきたね。

おとうさん、今日はおそいね。
おとうさん、楽しそうだね。

あの音がそう呼ばれていたことを井上さんは知らなかった。
当時、両親の父親は共に健在であったという。

汚染公園

市原さんの職場近くにある小さな公園は救急車が頻繁に来る。

子供の怪我が多発しているのである。

遊具の老朽化などの問題ではなく、事故の多くは転落や転倒によるもので、さりとて場所や公園の構造が特別危険というわけでもない。ごく普通のどこにでもある児童公園である。

月に一、二度、多い時は週一で子供が怪我で運びだされる。

頻繁に起こるだけではなく、重傷者も多い。血みどろの顔で担架に載せられる子供を何度も見ているという。

そんな公園を市原さんは毎日のように利用している。

休憩時間は必ず、ベンチで缶コーヒー片手に一服。ただ、喫煙は絶対に職場の喫煙所でと決めている。公園のあまりの汚さに胸を痛めているからである。

喫煙者から恨みでも買っているのかというくらい、煙草のポイ捨て量が異常なレベルであった。『ここは子供の遊ぶ場所です！』とモラルに訴えかける看板が何本も立っているが、立っているだけでなんの意味もなしていない。それどころか、看板の足元には親の仇のように吸い殻が山盛りで捨てられている。

近くに汚い公園はいくつもあるが、ここまでひどくはないという。

ある日、いつものように一服しようと公園へやって来た市原さんは、思わず「なんだこれは」と声をあげた。

日本中のヤンキーが溜まり場にしていたのかというくらい、おびただしい量の吸殻が散乱していたのだ。滑り台やブランコのまわりにはいくつも白い吸い殻山ができている。

あと数時間で学校から帰ってきた子供たちが公園へやって来る。こんな場所で遊ばせるのかと思うと喫煙する大人として情けなく、子供たちに詫びたい気持ちになる。

それほど、ひどい光景だったのである。

これではいずれ、大人の公園の利用を禁じられてしまう。少しでも減らしておこうと、いったん会社に戻ってゴミ袋を取ってくると、休憩時間を使って吸い殻を拾いはじめる。

「なんだこれは」

遊具のそばで拾った吸い殻を見て、この日、二度目となる言葉が出た。

フィルターを包んでいる紙に『死』と書かれているのである。

見ると他にも文字を書かれた吸い殻が混じっている。

はじめはそういうロゴが入っているのかと思ったほど妙にデザインぽい字だった。昔、テレビで見た幼児殺害犯の犯行声明文の文字みたいに几帳面な字だったという。

他にも『しね』『殺す』『ヤケジニ』など物騒極まりない言葉が見つかるが、いちばん多いのは『呪』だった。

文字の書かれた吸殻は少なく見ても四、五百本はあり、すべて同じ銘柄。これを一人の喫煙者がやったと考えると相当量の喫煙をしたことになる。

あるいは、この日のために吸殻をため込んでいたのか。

いずれにしても、その執念にゾッとしたという。

「無理にオカルトに絡めるつもりはないんですが」

相次ぐ児童たちの事故と関係している気がしてならないという。

ターザン

裕貴さんは高校時代、家の二階にターザンが入っていくのを見た。裸の人間が空をバックに振り子のように大きく半円を描いて、二階の窓から兄の部屋へひょいっと飛び込んだのである。ロープのようなものは見えなかった。

帰宅するなり母親にこの話をすると「ターザンって」と大笑いされた。たとえがよくなかったのかもしれないが、誰が見てもそう答えるしかない光景だったと思う。

じゃあ二階へ見に行ってよというと、あれだけ笑ったくせに母親は気味が悪いといって行こうとしない。でも裕貴さん一人で見に行く勇気もなかった。

するといいタイミングで兄が学校から帰ってきた。

見たままを話すと兄はクスリともせずに二階へ上がっていった。

その後ろから同行すると、先に部屋へ入った兄の「あっ」という声が聞こえた。

こわごわ兄の背中越しに覗きこむと、ベッドの上で大きなカラスが羽を広げて死んでいる。

それを兄は何もいわずに黙々と片付け、母親にはなぜかハトが死んでいたと報告した。

「違うって。カラスじゃん、兄ちゃんの部屋でカラスが死んでたの」

「えぇっ、そうなの？　やだ、気持ちが悪い」

いや、ハトだったよと兄が否定する。

間違いなく、あれはカラスだった。どうしてそんな嘘をつくのかと不思議だった。

それから、ターザンはどこへ行ったのだと怖くなった。


その晩、眠っていると、ガァ、ガァと聞こえてきた。

カラスの声――兄の部屋からだった。

どういうことだと向かいの兄の部屋にノックもせずに飛び込み、ベッドに座ってぼんやりとしている兄に「カラスの死体はどうしたんだよ」と語気を強めて訊ねた。

しかし兄は、あれはハトだと答えるばかりで死体の所在を教えなかった。
その晩はしばらく、兄の部屋から濁った鳴き声が聞こえていた。

鬼役

河野さんの娘さんが小学三年生の頃、学習発表会で「ミックス昔話」の劇をやった。日本の昔話、外国の童話などを混ぜ合わせて一つの物語に再構成した劇で、そのため複数の主役が登場する。これには全員やりたい役を演じられるようにとの学校側の配慮もあったようだ。

しかし、意外にも人気があったのは悪役であった。

ほとんどの男子が鬼役を希望し、主役に挙手する者はわずか二名。当初は五人だった鬼役を十人に増員する結果となった。

発表会の当日、鬼役の一人が急病を理由に欠席した。

いちばん鬼役をやりたがっていた児童だった。

特に重要なセリフもなく、鬼が十人でも九人でも内容に変わりはないので代役は立てられずに劇は行われた。

開始してまもなく、教師の一人が気付いた。

鬼が十人いる。

何度も数えたが間違いない。

他の生徒が代役で入ったのか――劇のクライマックスは登場人物全員が舞台上に出てきて、一言ずつセリフを発しなければならない。そんな大事なシーンをこの後に控えている児童たちが鬼の代役も務める余裕などない。自分の役だけでいっぱいいっぱいだ。となると、劇に参加していない生徒ということになるが、そんな報告は受けていない。

他の先生方にも伝えるが、代役を立てたことは誰も聞かされていない。

鬼は顔を赤く塗るなど扮装に手間がかかるため、児童一人で勝手にやることはできないが、誰も十人目の鬼の仮装を手伝ったという者がいない。

みんな不思議がって、舞台上の鬼を一人、二人と数えるが、やはり十人いる。

決定的なのは、右袖から次々と鬼が現れて左袖に入っていくシーン。

鬼はしっかり十回登場していた。

劇が終わってすぐに教師たちは鬼の数を数えたが、この時はもう九人しかいなかった。

欠席した児童の身を案じる教師もいたが、当該児童は数日後に元気に登校してきたという。

好みの顔

ふいに、良い香りがした。

女性とすれ違った時にふわりと鼻をくすぐる、洗いたての髪の匂いである。

どこからするんだろうと顔を上げると、ソバージュの化粧の濃い女性が開いた窓から孝明さんのことを覗き込んでいた。

自宅一階の万年床でトランクス一枚の姿で漫画雑誌を読んでいたところである。慌てふためいて「なななななんですか？」と上ずった声で問いかけた。

「わたし、幽霊とか見えるんで。そこにいますよ」

孝明さんの後ろを見つめながらそれだけいうと、女性の顔はスッと引っ込んだ。

窓の外は隣のマンションの外壁が迫って隙間は二十センチもない。

細い人なら入ってこられるだろうが、わざわざそんな狭いところにまで入り込んできて、他人にあんなことを告げる人は普通ではない。

いる——とはっきりいわれたからだろう。それからしばらくは部屋の中に嫌な気配と視線を感じて落ち着かなかったという。

女性の顔は、とても好みの顔つきだったそうだ。

少女の恩返し

ある休日の正午。浩二さんは自転車で陸橋を渡っていた。

前を二台の自転車が走っている。フラフラと危なっかしく走っているのは、小学校に入るか入らないかくらいの女の子。その数メートル先を走っているのは父親だろう。

「ちゃんと前見て」「危ないと思ったらすぐブレーキな」と声をかけているが、父親は娘を置いてどんどん先へ行き、信号を渡ったところで止まって娘を待っていた。

橋の歩道は狭くて追い抜くことはできないので、女の子の後ろからゆっくりとついていくのだが、あまり近いと女の子を慌てさせてしまう。十分に距離をあけ、後ろから少女の運転を見守っていたという。

ヂャリンヂャリンとベルの音がした。

タイミングが悪いことに、こちらに向かってくる自転車がある。

この歩道では自転車同士が普通に走ってすれ違うのは無理だった。どちらかが止まって片側に車体を寄せ、相手を通さなければならない。

しかし、向こうは減速するつもりがないのか、ヂャリンヂャリンと濁ったベル音を鳴らして「どけ」といっている。

女の子には横へよけて相手をやり過ごすなんて余裕はない。悪い予感がしたが案の定、対向車は強引に女の子の横を通り抜けようとし、狭い歩道で二台が詰まってしまった。

機嫌の悪そうな坊主頭のオジサンは「いてえ！」と大声を上げる。女の子の自転車のペダルで足を引っかけたらしい。

浩二さんは自転車を飛び降りると「大丈夫ですか」と二人に駆け寄った。

「大丈夫じゃねぇよ、いてーよっ、どうすんだよ」

どうやら浩二さんを女の子の父親だと思っているようなので、女の子にちゃんと謝らせると「もう行っていいよ」と先に行かせた。

「おい、足がいてぇーんだよ、どうすんだよ」

おじさんは大声で「どうすんだ」を繰り返す。

「痛いんですか？　まあでも見た感じ怪我もしてないようですし、よかったです」と立ち去ろうとすると「オイ、なに逃げてんだよ！」と肩を掴まれる。

「いや、僕べつに、あの子の親じゃないですし」

おじさんがきょとんとするので、自分はたまたまここを通った者で、おじさんが怪我したかもしれないから心配で声をかけたんですよと笑顔で伝えた。

もう女の子も父親の姿もなく、おじさんは諦めて何もいわずに立ち去った。


その後しばらくしてから、あの時に助けた女の子が浩二さん宅を訪ねてきた。

夜遅くに、部屋の仕切りの扉の陰から、恥ずかしそうにこちらを覗き込んできたという。

その時、浩二さんは腸炎で臥せって動けなかったのだが、少女が消えてから間もなく腹痛はやわらいでいき、病状は快方へと向かっていった。

あれから何かがあって女の子は死んでしまったのか。あるいは生霊というものか。
いずれにしても、あの時の恩を返しに来てくれたのだなと感謝したという。

人だま

ツトムさんは「人だま」を目撃したことがある。

中学生の頃、親の都合で都心からだいぶ離れた土地へと引っ越した。

引っ越し当日はあいにくの雨。注意報が出るほどの大雨だったが着いた頃にはやんでおり、もう日も暮れてあちこちの家から夕食の匂いがしていた。

親からタオルを持たされて左隣の家へ挨拶に行くと、人のよさそうな老婦人が出てきて、こんなことを言われた。

「ここは変な人もいるから気をつけてよ」

そんな忠告に不安を抱きつつ、右隣の家へ赴いてインターホンを押す。

反応がないので留守なのだろうときびすを返すと、

「隣に引っ越してきた人ぉ？」

間延びした声が上から降ってきた。

三階建ての家の屋上にいる女性が手を振っている。

挨拶の品を持ってきたことを伝えると「それなあに」と手摺りから身を乗り出す。

すぐにピンときた。変な人とはこの人のことだ。

「タオルです」というと「いまいきます」と返ってくる。

しかし、今行くといっておきながら女性は手摺りに身を乗り出したままこちらを見つめるばかりで、まったく来る気配がない。雨の名残で濡れているのだろう、手摺りにかけた手をツルリツルリとすべらせ、見ていて危ないなと感じた。

さらに女性が身を乗り出したかと思うと手摺りを掴む両手をズルンとすべらせ、上体を大きくひねりながら落雷のような音をさせて転落した。

玄関ポーチの手前に倒れている女性へ「大丈夫ですか⁉」と声をかける。

「だいじょうぶです」

両腕を震わせながら身を起こすが、背中に手をまわして表情を歪めている。まともに立つこともできないようなので「家族を呼んで来ます」と戻ろうとしたが、なぜか女性はそれを拒んだ。

「いいから。もう放っておいて」

そう言うと、ふわぁーあ、とあくびをした。

大きく開かれた口の奥から白いものが覗き、ふわりと外へ出てくる。

野球ボールほどのそれは、球体だが形は定まらず、水中のクラゲのようにふよふよと浮かび上がる。煙草の煙を吹き込んだシャボン玉に似ていた。

気が動転したツトムさんは、何度も「え？」を繰り返すことしかできない。

女性には、自分の口から出てきたそれが見えていないようだった。

数日後、その女性が亡くなったと聞いた。

屋上からの転落が直接の死因ではないと聞いている。

にけつ

学生時代のことだという。

八城さんはバイト帰りの夜道で「おう」と声をかけられた。

「あ、どうも、こんばんは」

地元の不良グループに属している先輩だ。腕っぷしは強いが暴力沙汰を好まず、性格も優しくて面白いので後輩からは慕われている人だった。

この時、先輩はゴミ捨て場から拾ったような錆びだらけの自転車に乗っており、後ろに小学生くらいの男の子を乗せていた。にこにこと笑っていて、その顔が先輩にそっくりである。

「弟さんですか?」

「そやねん」

こいつがな、と弟を親指で指す。

「○○に行けって、ギャアギャアうるさいからしゃーないねん」
○○とは、ここから歩いて五分ほどの所にある文具店である。
「もう閉まってるんじゃないですかね」

「でもしゃーないねん」

困ったような笑みを見せて去っていった。


その夜、先輩は文具店付近の道路で軽自動車に撥《は》ねられて亡くなった。

道路の真ん中を自転車で蛇行していたところを後ろから追突されたという。

教えてくれたのは、先輩から家族同然にかわいがってもらっていた後輩だった。彼は大号泣しながら、あの人は本当にいい人だったと惜しんだ。

弟の安否について尋ねてみたところ、「え?」という顔をする。

「弟さん、まだ小学生だろ？　どうだったのかなって心配でさ」

「いや、死んじゃいましたよ」

——ああ、そうだったのか。あんなににこにこして嬉しそうだったのに。

ぎゅっと胸が痛くなった。

「でも、けっこう前の話ですよ」

「——前？」

「ええ。四、五年前ですよ。交通事故で」

え、じゃあ、あの子は——。

あの晩に先輩が後ろに乗せていたのは誰なのだろう。

おはよう、こんばんは

黒沢さんは今のマンションに住んでもう二十年以上になる。

それだけ長くいれば変わった住人にも巡り合う。

とくに印象的だったのが、同じ階に転居してきた山本さんであるという。

顔を合わせれば挨拶をしてくるおばさん——そう書くとただの礼儀正しい住人なのだが、その挨拶が問題で、ある時期から急におかしくなりだしたというのである。

朝は「おはようございます」、夜は「こんばんは」。

転居してきたばかりの頃は、まだ普通の挨拶をしていたのだが——。

ある朝、ゴミを出しに行く時に集積所の前で山本さんと会った。

「こんばんはー」

そう挨拶されたので、つい自分も「こんばんは」と返してしまった。

この一度だけならば「ああ、間違えたんだな」で済むことだが、この数日後の朝に顔を合わせた時も「こんばんは」と挨拶をされたのである。

またある時は、深夜に帰ると一階エントランスに山本さんがいたので、こんばんはと頭を下げると「おはようございます」と笑顔を向けられた。

山本さんの挨拶は、朝と夜が逆転していたのである。

朝は「こんばんは」、夜は「おはようございます」。昼間だけは変わらず「こんにちは」。うっかり間違えたわけではなく、明らかに意識的に言い換えているようだった。

他の住人たちも当然、山本さんの異変に気がつく。

噂好きなおばさんたちの井戸端会議では、山本さんの身体を心配する声もたびたび上がっていた。というのもその頃、急激に彼女が痩せていったからである。挨拶のこともあり、かなり深刻なことになっているのではと様々な憶測が飛んでいた。

ある晩に帰宅すると、マンションの前に警察車両と救急車が停まっていた。黒沢さん宅と同じ階の部屋でなにかがあったようで、他の階の住人も集まっている。エレベーターを降りてそんな光景が目に入ってきた瞬間、山本さんになにかがあったのだと察した。

山本さんの部屋のドアは開け放たれており、そこから足が一本だけ出ている。裸足だった。

救急隊員が屈みこんで「山本さん」と呼びかけている。

野次馬になるのもどうかと自宅に入ったが、やはりどうしても気になってしまい、ドア越しに廊下の声を聞いていた。救急隊員の山本さんを呼ぶ声が何度も聞こえた。

数日後、例の騒ぎの一部始終を見ていたという住人から話を聞くことができた。

最初に気付いたのは同階に住む若いカップルだった。その時、山本さん宅のドアはわずかに開いており、そこから片足だけが外に出ていてドアに挟まれている状態だったという。

あれから山本さんは、意識のない状態のまま運ばれていったという。

また、こんな話も聞いた。

数日前、別の住人が彼女と会話をしており、例の挨拶のことを訊ねていた。

そこで彼女は意外な理由を打ち明けていたのだという。

「死んだ旦那が、夜になるとくるんですよ。あれは、そのための〝おまじない〟なんです」と。

真顔でそんなことを話されたので、その住人は怖くてそれ以上のことは聞けなかったそうだ。

謎めく住人であった山本さんは、謎を抱いたまま搬送先の病院で亡くなっていた。

リス

五歳の息子が、あるアニメに怯えていると知人女性から相談を受けた。

動画配信サービスで視聴できる、アメリカで制作された動物たちを主人公にしたＣＧアニメである。夢中になって毎日のように見ていたのだが、ある時、同アニメを視聴中に「怖い」といって大声で泣き出したそうだ。

どのキャラも実在する動物がモデルで、可愛くディフォルメされている。エピソードもほのぼのとしたものばかりで、主人公の声優の早口な台詞《セリフ》が面白い。

子供が泣くような怖い要素は皆無であり、なによりそれまでは楽しく視聴していたのだという。

「なにが怖かったの」と尋ねると、口に出すのも怖いのか、ますます泣いて答えられない。

じゃあもう見ないのかといえば、しばらく経ってまた同じアニメを見ている。そして怖いと言って泣く。これを幾度か繰り返すうちに、あることがわかったという。

決まってリスの登場するところで泣くのである。

このアニメにおいてリスは完全なるマスコット的なキャラで、物騒な設定は欠片《かけら》ほどもないのだが、このくらいの年ごろの子供はなにが琴線に触れるかわからない。

そこで慎重に聞いてみたという。

「リスきらいだったっけ？　もう見るのやめる？」

すると「違う」と答える。リスは怖くないと。

なにが怖いのと訊くと、おばあちゃんの声が嫌だと言う。

リスの声優の女性は、おばあちゃんというほどの年齢ではない。だが子供の耳にはそう聞こえるのかもしれない。

「もうやめて、違うのを見ようね」

別のアニメに変えて炊事のために部屋を離れると、また泣き声が聞こえる。

戻るとテレビの中で先ほどのリスが早口で動物たちと口論をしている。

息子の泣き声が悲鳴のように変わったのでテレビの電源を切ったが、泣きすぎた息子は苦しそうに喘《あえ》ぎながらテレビへ怯えた目を向けている。

呼吸困難になるほど怖いのに、どうして見るのだろう。

本人に訊くとまた泣きそうなので、手の届かない場所にリモコンを隠して炊事に戻った。

すると今度は家中に響き渡るくらいの声が聞こえてきた。

早口な女の声である。

慌てて戻ると消したはずのテレビがついており、リスがペンギンと口論をしている。

隠したはずのリモコンが見当たらず、本体の電源でオフにする。憔悴《しょうすい》したように座り込んでいる息子に「リモコン持ってる？」と訊ねると、ひょいと差し出した。

「どうしてリモコンがここにあるの？」

「おばあちゃんがとってくれた」

ゾッとした。息子では絶対に取れない場所にリモコンを置いていたからだ。

「そのおばあちゃんと、リスの声のおばあちゃんは違う人？」

「おなじ」

「そうなの？　でもこわいの？」

「こわいよ」

「なんで？　リモコン取ってくれて優しいじゃない」

「だっておばけだもん」と泣き出す。

そのおばあちゃんはもう死んでしまっているらしい。息子の言葉を借りれば、「いたらいけないおばあちゃん」だから、すごく怖いというのであるが――。

「心当たりがあるとすれば半年前に亡くなった義母くらいで、でもとても優しくて息子も義母のことが大好きだったはずで」

息子がどんなおばあちゃんを見ているのか、そのおばあちゃんは息子になにがしたいのか、皆目見当もつかないという。

山田くん（仮）

仮に山田くんとする。

いがぐり頭で身体が竹のように細く、綿棒みたいな体型の男子学生だという。

そのあたりでは見ない学生服で、中学生か高校生かもわからない。小学生のように小柄だが顔は中年のように老けて見えるので年齢不詳。胸には「山田」と書かれた名札をつけている。

潰れた玩具店の前をうろついているのが常で、「山田くん」と声をかけると「はい」と返事をする。

小学生を見るとニコニコしながら手を伸ばし、「なでてもいい?」と聞いてくる。

たいていの小学生は何も答えずに逃げるが、「やだ」とはっきり断れば、諦めてその子には二度と声をかけてこない。

もし「いいよ」と答えると嬉しそうに優しく頭を撫でてくる。

その後、撫でられた子は必ず交通事故に遭う。

この山田くんは写真には写らない。なぜなら人間ではないからである。


――という、どこまでが本当でどこから作り話かわからない話が、局地的に席巻していた時期があった。約二十年前、伏見さんが中学生の頃である。

地元の小中学生たちにとってこの山田くんはお化けのような存在であった。ゆえに彼と遭遇することを避け、潰れた玩具店のある通りには足を向けなかった。

さすがに中学では信じていない生徒のほうが多かったが、信じている生徒は本気で怖がっていたという。

伏見さんはというと、まったく信じていなかった。そんな少年は一度も見たこともないし、本当に彼のせいで事故に遭ったという話も聞かない。そもそもオカルト的な話を一切信じていない。中学生にもなって本気でそんなものを怖がる同級生をかなり馬鹿にしていた覚えがあるという。

ところが――。

数年前、伏見さんは山田くんらしき人物を目撃している。

潰れた玩具店は本格インドカレー店になっており、その前を薄汚れた学生服姿でウロウロしている男子学生がいた。

牛丼店で食事中、たまたま彼を目撃した伏見さんは、はじめは「なにしてんのかな」程度に見ていたが、急に中学時代の記憶が脳裏を駆け上がってきたのだという。

あれが山田くんか――中学の頃は一度も出会えなかったのに、まさか今になって会えるとは。

よく見ると顔は老けているどころではなく五十代後半から六十代に見える。

噂のからくりが見えてきた。

山田くんは当然、お化けでもなんでもない。昔からこういうことをしている人なのだ。

きっと、笑ったり、怖がったりしては絶対にいけない人だ。

撫でられると事故に遭う、正体は人間ではない、といった怖い要素は無邪気で残酷な子供たちに後付けされた嘘の情報だ。子供はちょっと変わった人やものを見ると、あらぬ情報を想像で付け加えてしまうものなのだ。

牛丼店を出ると、うろうろしている山田くんの前を通ってちらりと胸元の名札を見た。しっかり『山田』と書かれている。ぞくり、ときた。

あまりじろじろと見るのはいけないと思いながらも、つい足を止めて離れたところから観察してしまう。忘れかけていた子供時代の怪談話、その真実・正体を目の当たりにしているという感動があった。

平日の昼間に子供はいないので伝説の光景を見ることはできなかったが、話のタネにとケータイで隠し撮りをしておいた。

帰りながら画像を確認する。

三枚中三枚に、山田くんの姿は写っていなかった。

ダストボックス

製菓工場を囲む緑色の金網フェンスで男性が首を吊っていた。

出勤時にそこを通りかかった渉さんは、工場の社員と見られる人たちがフェンスから男性をおろしているのを見た。

彼らの顔には笑みが浮かんでいる。

なんだあれ、自殺ごっこか？　いい大人が朝からなにしてんだと腹が立ったが、おろされた男性はぐったりとして肌の色も白かった。

いや、やっぱり自殺のようだ。じゃあ、なぜ笑っているんだ？

朝から不気味な光景を見てしまった。

渉さんは足早にこの場から立ち去った。

この話を職場ですると、見間違いではと言われた。泣いても怒っても笑って見える人もいると。まあそうだろうなと思った。

仕事から帰宅すると渉さんの部屋の扉の前に、普段は台所にあるダストボックスが置かれている。踏むと蓋が開くタイプのプラスチック製である。

「あれなに、どかしていいの？」

母親に聞くと微妙な顔をされる。

お義母さんに言われてやったことだから本人に聞いてほしいという。

どういうことかと尋ねると、夕食後に祖母が「渉の部屋に人が浮いている」と騒ぎだし、よくないものだから部屋から出てこないよう、これを置いておけと台所のダストボックスを部屋の前まで運ばされたというのである。

朝のこともあるので薄気味の悪い話ではあったが、祖母はここ一年、言動が少しあやしい。急に意味不明なこともいう。第一、なぜそこでダストボックスかもよくわからない。扉を開かないようにしたいのならなんだっていいはずだ。

祖母はどうしているのかと聞くと、もう自分の部屋で寝ているという。

「なんでいわれた通りにするんだよ」

「だって、誰かいるなんていわれたら、ちょっとねぇ？」

このままでは困る。部屋には明日の仕事に必要なものがあるからだ。

でも勝手にどかすと後でうるさそうだ。本人も悪気があってしたことではない。

一応、ちゃんと断ってからどかそうと祖母の部屋へ行って扉の前で呼びかけるが、返事がない。中から鍵をかけられているので扉も開かなかった。

冗談ではない。朝まで待っているわけにもいかない。

祖母には悪いと思ったが、ダストボックスを扉の前から移動させ、少しだけ警戒をしながら扉を開ける。

部屋の奥で人がうずくまっている。

後ろにいた母親が「ひゃあっ」と声を上げた。

渉さんの部屋にいたのは、祖母だった。

「ばあちゃん？　え？　なんで？　おれの部屋でなにしてるの？」

祖母も混乱していた。目を真っ赤に充血させて、今は何時だ、どうして渉がいる、と質問攻めである。一つ一つ質問に答えると、ようやくおちついて会話ができる状態になった。

祖母は自分の部屋で寝ていたという。中から鍵もかけていた。それがなぜ、渉さんの部屋にいたのか、まったくわからないと怖がった。

母親は祖母に言われて、祖母の目の前でダストボックスを置いたと記憶していた。

この日、我が家ではいったいなにが起こっていたのか。

首吊りを目撃したこととなにか関係があるのか。

想像すると怖いので考えたくないそうだ。

かぷり

「子供に噛まれたんだけど」

依織さんと同期の女性社員が手をさすりながら愚痴《ぐち》ってきた。

彼女は未婚であり、子供もいない。親戚の子かと聞くと違うという。

じゃあ、どこの子供に噛まれたのと聞くと「ここで知らない子供に噛まれたんだ」と答える。

「ここ」とは、今自分たちのいる会社のロッカールームのことだ。

彼女の話はこうである。

昨日は定時にあがった後、帰る途中で忘れ物をしたことに気付いた。

すぐに戻るとオフィスには男性社員が一人残っているだけで閑散としている。いつもならまだ残業組がいる時間なのに、今日は珍しいなと思いながらロッカールームへ行った。

忘れていった手提げバッグを持って出ようとすると、バッグを持つ手をいきなりカプリと噛まれた。

ギャッと声を上げ、ロッカールームを飛び出して助けを求めたが、先ほどいた男性社員の姿がない。

さらにパニックになった彼女は、ぎゃあぎゃあと叫びながらオフィスを飛び出した。と、そこまでは覚えているが、それから自分がエレベーターに乗ったのか、非常階段を使ったのか、どうやって一階《した》まで下りたのかをまったく覚えていないという。

また、一人残っていた男性社員の名前も顔も覚えていなかった。

「怖くて見られなかったけど、噛んだのはね、たぶん小さい子供」

噛む力に加減がなく、大人の噛み方ではなかったという。

彼女が噛まれたというロッカールームは、おそらくここではない。

彼女が荷物を取りに戻っていたという時間、依織さんを含めた複数の社員がまだオフィスに残っていたからである。

おかえりいいいい

同僚と飲んでいた隆之さんは店を出てから飲み足りなさを感じ、一人で立ち飲み屋に入った。

その日はとにかく酒が美味く、いくらでも入る。次で最後、次で最後とやっているうちに気がつくともう終電を逃しており、タクシーを拾って帰ることにした。

家の前で停めてもらうと、まだ窓が明るい。妻の不機嫌な顔が脳裏をよぎる。さて、どうやってご機嫌を取ろうかと考えながら乗車賃を払っているあいだに、スッと窓の明かりが消えた。

エンジン音で帰ってきたことに気付いたのだろう。寝たふりを決め込むつもりだ。

帰るなり玄関でイヤミをこぼされるよりかは、まだその方がいい。と、領収書を受け取ってタクシーを降りると、パッと家の窓が明るくなる。

そうかと思うとまたスッと暗くなる。

点けたり消したり、あいつ、なにをしているんだろう。

相手の感情がわからない以上、偉そうに帰宅してはいけない。音を立てぬよう、静かに鍵を開け、そっと入るとその瞬間に玄関の廊下の明かりがパッとついた。

「ただいま」

機嫌を窺うような小声で帰宅を伝える。

「おかえりいいいいいいいい」

奥のほうから、寝ぼけ眼《まなこ》の妻の首から上だけがやってくる。

大声をあげながら外へ転がり出て隆之さんは、家の外観や表札を確かめるという今思えばまったく無意味な行動をした後、妻のスマホにかけた。

寝ぼけた妻の声が出て「んー、いま何時?」とたずねてきた。

テレビを見ながらビールを飲んで横になっていたら、いつの間にか眠っていたという。

おそるおそる家へ戻ると、今度はちゃんと首から下もある妻が不機嫌な顔で出迎えた。

起きたことを話すと「酔ってたんでしょ」とすげなく言われたので何も言い返せなかったそうだが、幻覚を見るほど酔ってはいなかった、と隆之さんは弁明している。

対岸の光

数年前の初夏のことである。

実家住まいの姉から母親が入院したと連絡があり、満さんは急遽、新幹線で帰郷した。病院で母親の病状がおもわしくないこと、心の準備を含めた今後のことなどを聞き、疲労と不安を引きずって、夕闇の迫る川沿いの道を姉と二人で帰っていた。

「なにしてんだろ」

姉が川のほうを見ながら言った。

対岸を一つの光が忙しく動いている。

「財布でも落としたのかね」

満さんも変な光だなと思って見ていた。

オレンジ色の濃い光の球が、数十メートルの間隔を高速で行ったり来たりしている。

照明機器から照射されている光には見えないし、そのあたりに人の影も見当たらない。

あ、と二人同時に声を上げた。

光が川を渡って、まっすぐこちらに向かってくる。

あっという間に近づいて、すぐ目の前に来たので、姉は蛾でも追い払うように持っていた傘を振り回した。

当たりはしなかったが、光はストンと落ちて見えなくなった。

自宅前で姉の電話に危篤を報せる連絡があり、病院へ引き返したが間に合わなかった。

十年以上前のことだが、あの時に払い落とした光の玉が母親の死に関係していたんだろうと姉は今でも後悔を口にする。

祟られてるんです

鈴木さんのご実家のある町でのこと。

商店街のアーケードの入口付近に三階建ての住宅がある。

五年ほど前に火事で全焼したが、住人は幸い旅行中であったため怪我人は出なかった。

同住人によって家はすぐに建て替えられたのだが、一年も経たずに二度目の火事で再び全焼。この時も奇跡的に怪我人は一人も出なかった。

ある意味、この一家は不運なのではなく幸運なのかもしれない。

そんなふうに人々から言われていたのだが――。

今春また同じ家で小火が出た。

三度目のミラクルは起こらなかった。住人に重傷者が出てしまったのだ。

この一件から近隣住民のあいだに不穏な空気が漂った。

――ここまで続くと放火なのではないか。

――よほど誰かから恨みを買っているのではないか。

出火原因は明らかにされているのだが、その情報にも疑いをかける。

現場近くで不審な人物の目撃情報があれば、噂好きのおばさんらがすぐに食いついて雑な推理を展開する。

三度の火の災いに見舞われた家は常に噂の中心にあった。


その頃、鈴木さんの関心は住宅の変化のほうにあった。

小火《ぼや》騒ぎから一週間が経った頃。

二階の窓の内側からなにかが貼られた。

文字のようなものが書かれた紙だろうか。

あまりに気になったのでこっそり撮影し、自宅で画像を拡げて確認してみた。

書かれているのは日本語ではない。梵字《ぼんじ》のようなものだろうか。

同じものが三階の窓にも現れると近隣住民たちがまたざわつきだした。

――不幸が続きすぎて変な宗教に入っちゃったんじゃない？

そんな噂が囁かれだした頃、件の家はまたもや災いに見舞われた。

今度は火災ではない。

大型トラックが横に倒れ込むようにしながら住宅の一階部分に突っ込んだのである。

鈴木さんはたまたま通りかかって、人だかりのできている事故直後の現場を見た。

一階部分は完全に潰れて二階部分が下がってきている。

不思議だった。かなりの大事故なのだが、被害はこの家だけで両隣の家にはまったく及んでいない。火事で全焼した時も他の家の被害はほとんどなかった。この家だけがピンポイントで何度も壊されている。

現場を呆然と見ている高齢女性に「この家の人は無事だったんですか？」と聞くと、その人がこの家の住人だった。

彼女は眠たげな目で鈴木さんを見ると「うちは祟られてるんです」とだけ答えた。

狸の金玉

孝さんの父親が奇妙なものを持ち帰ったことがあった。

中華風の柄が美しい小さな布箱である。得意先の人からの土産で、某アジア地域のマーケットで割と高額で売られていたものだという。

箱の中には梅干しの種のようなものが二つ入っていた。

父親がその表面を爪でかりかりと掻くと、表面を覆う薄皮が毛羽立ち、少しずつほぐれていく。それをする父親の手元からは鰹節《かつおぶし》のような臭いがしてきた。

ほぐれた部分を摘まんでちぎると、それを口に入れて水で喉に流し込む。

それの正体を母親は知っているのか、吐きそうな顔で見ている。

いったい何をもらってきたのかと聞くと、父親はニヤニヤしながら「狸《たぬき》の金玉だ」と答えた。

金玉？　思わず大声で復唱する。

「金玉って売ってるんだ」

「貴重なんだぞ」

ここまで干したものは漢方薬になるんだと得意げにレクチャーを始める。

犬やオットセイといった動物の睾丸《こうがん》を漢方として服用することは珍しい話ではないが、当時はそこまで一般的な物でもなく、またネット検索なんてものもない時代である。

孝さんには俄《にわ》かに信じられない話だった。

大方、息子を担ぐためのホラ話か、父親がその得意先の人とやらに騙されているかのどちらかだろうと話半分で聞いていた。


その晩、孝さんはトイレにいきたくなって目が覚めた。

用を足して部屋に戻ると、暗い中に父親があぐらをかいている。

「電気もつけずになにしてんの？」

驚いて尋ねると「さっきは狸の金玉と言ったがあれは嘘だ」と言って部屋を出ていった。妙に高い声だった。

翌朝、父親が居間の箪笥《たんす》や棚のひきだしを開け閉めして何かを探している。孝さんを見ると「金玉知らないか？」と聞いてきた。置いていたところに空の布箱しかなかったのだという。それより昨晩のあれはなんだったのと聞くと、父親は「なにが」という顔をする。変な時間に俺の部屋に来てこんなことを言っただろと話すと父親は大笑いした。

「それはオレじゃないな」

嘘か夢だと思われたのか、この時は信じてもらえなかった。

ところが、仕事から帰ってくると一変、お前の話は本当かもしれないと言いだした。土産をくれた人から何かを聞いたらしい。

「狸なんかじゃなかったよ」と、金玉の入っていた空の布箱をゴミ箱に叩き込んだ。

「え、じゃあ、なんなの？」

母親がこわごわと聞く。

父親は答えない。その険しい表情から孝さんはある想像をし、寒気を覚えた。

あの晩に話した父親ではない父親は、あれの本当の持ち主なのではないか――そんな気がしたからだという。

赤ヘルのおばさん

「赤いヘルメットをかぶったおばさんだと思ったら、頭が血だらけのおばさんだったたっていう、ただそれだけのオチの話だったと思うんですが――」

【赤ヘルのおばさん】は裕貴さんの妹が小学生の頃に友達から聞いた話である。

名前はインパクトがあるが「頭が血だらけのおばさん」というキャラクターのイメージのみで、それにまつわるエピソードがない。

どうして血だらけなのか、おばさんは生きているのか、それともお化けなのか、なにもわからないのだ。それでも妹から初めて聞かされた時は妙に怖かったのだという。

こういった出所不明の怪談めいた噂話は子供の頃にたくさん耳にしたものだが、大人になっていくにしたがって思い出すことも減り、次第に語られることもなくなっていく。この【赤ヘルのおばさん】も、今から綴《つづ》る裕貴さんの体験がなければ記憶の彼方へと葬られていたかもしれない。

子供たちだけで留守番をした夜があった。

裕貴さんと兄と妹と三人でテレビを見ていると、急に妹が立ち上がって「赤ヘルのおばさんがくる！」といいだした。

「裕貴が怖がるから」と兄が止めたが、妹は癇癪《かんしゃく》を起したように暴れだし、「赤ヘルのおばさんがくる、赤ヘルのおばさんがくる」と繰り返す。

兄と二人がかりで押さえつけようとするが、力が大人のように強くて手に負えない。

裕貴さんたちの手を簡単にふりほどくと、妹は「赤ヘルのおばさんがくる」を繰り返しながら二階へと駆け上がって、兄の部屋の窓から外へと飛び降りてしまった。

頭に怪我を負った妹はその後、近所の人に呼んでもらった救急車で病院に運ばれた。

幸いなことに大事に至るような怪我はなかったが、妹は自分が「赤ヘルのおばさんがくる」といって暴れたことも、二階から飛び降りたことも覚えていなかったという。

昭和の頃の話である。

マリモ

あるご夫婦からうかがった。

結婚四十年目の年に記念旅行へ行った。

とある地方の北端にある、海沿いの小さな町。

二人の生まれ育った町である。

二人が出会ったのは、この町の蕎麦屋《そば》。ご主人は奥さんの働いていた蕎麦屋の常連客で、それがきっかけで縁を結んだのだという。

約三十年ぶりの故郷の町並みは大きく様変わりしていたが、昔の面影の残る場所もちらほらとあり、分かち合う思い出を一つ一つ噛みしめながら旅の一日目を終えた。

奥さんが海を見たいというので、二日目は早朝から宿を出て海岸沿いの道を歩いた。

やがて海岸線が膨らむように黒々とした山が見えはじめる。

ご主人は「ん？」と立ち止まった。

「なあ、あんな山、あったか？」

奥さんは目を丸くして驚いている。

「故郷の山を忘れたの？」

忘れたのではなく、こんな山を知らなかった。

「思い出したいから、あそこへ行ってみたいな」

「いいけど、なんにもない山よ、あそこは」

子供の頃に何度もあの山へは行っているから知り尽くしているという。

しばらく黙々と歩いていると、ふとご主人が思い出す。

「どこかに、ぼろぼろの建物があったよな」

「そんなものあった？」

奥さんが知らないという。

「あったって。このへんの人なら誰でも知ってるぞ」

「見たことないけどねぇ」

やがて山が海に迫って、見上げるような断崖が見えてきた。

ここは、二人の記憶にない光景であった。

崖の上からは町を一望できそうだ。

あそこで写真を撮りたいとご主人が言う。

新たな目標ができた二人は海岸沿いをはずれて登山口へと向かう。


「あっ、ほら、まだあったよ」

山に入って五分も経たぬうちにご主人がそれを見つける。

なだらかな斜面にしがみつくように苔《こけ》むした平たい箱型の建物がある。入り口に扉はなく、かわりにトタンをたてかけて釘で固定していた。

「営林署のようなところだったのかな」

そう言うご主人を奥さんは不思議そうに見ながら「変な話だね」と言う。

ご主人はこの山を知らないというのに、山の中にあるこの廃墟を知っている。奥さんはこの山を知り尽くしているくらい歩いているのに、目の前の廃墟とは初対面だった。記憶のズレ――それとはまた違った、なにか異様なことが自分たちの身に起きているような気がした。

「せっかくだから、少し中を覗いていこう」

昔から興味があったんだと、ご主人が入り口のトタンを剥がしにかかる。

無茶はよしてと奥さんが止めても聞かない。

釘の腐食が進んでいたのかトタンは簡単にはがれ、廃墟が暗い口を開く。

「あ、だめ」

ご主人の腕を掴んだ奥さんは、もと来た道を走って海岸沿いの道まで戻った。

何があったんだと聞かれても、奥さんは唇が震えて言葉が出ない。

宿に戻って落ち着いてから、自分の見たものをご主人に話した。

廃墟に入り口が現れた時——その奥に溜まる闇の中に、大きなマリモのようなものが二つ浮いているのを目にした。
緑色のもさもさとしたそれらは、二人に気付いたかのようにくるりと向きを変え、にっこり笑ったのだという。

合唱

未奈さんはよく霊体験をされるが、それ以上にストーカー被害が多い。

幸い、これまで大事に至ったことはないが、際どいことは何度もあったという。

「どうも私って陰湿なタイプを引きつける何かがあるみたいで」

まだ記憶に新しいという奇妙なストーカー被害の話をうかがった。


「しばらく尾行されてましたね」

仕事が終わって職場を出ると、少し離れた場所から後ろをつけてくるのだという。

こそこそとはしておらず、割と大胆についてくる。振り返ると姿がない。

家を知られないよう、途中にあるコンビニで時間を潰していくのだが、店を出た直後から再びつけてくるのがわかる。ファミレスで食事をしても同じである。出てくるまで待っているのだ。

こういうことが毎日ではないが、多い時は三日連続ということもあった。

実家の親に電話で相談すると「今からすぐ警察に相談したほうがいい」と心配された

が、その対処の仕方は微妙に感じた。中途半端に警察を頼って中途半端な関わり方をさ

れると、逆に相手を刺激してしまうというのを過去の経験から知っているからだ。かと

いって、何かが起きてからでは遅いのだが。

と、解決策を模索しているうちに、家にいる時にまで気配を感じるようになってし

まった。

帰ってきてリビングの電気をつけた時、お風呂から上がった時、テレビを消した時。

一瞬なのだが厭な感じがする。もちろん、戸締りの確認も欠かさない。

しかし、布団に入って目を閉じると、ひそひそと呟くような声がする。

目覚めたときに誰かがいたら――そう思うとなかなか眠れず、無事に朝を迎えられて

胸を撫で下ろすということも多々あった。

犯人の正体だが――検討はついていたという。

未奈さんが職場を出る時刻は決まっていない。大体二十時から二十二時の間である。

ストーカーは未奈さんが会社を出た瞬間から尾行を開始する。

よほど根気よく待っているのか。

あるいは考えたくはないが、同じ会社の人間かである。

会社内に相談できる人はいない。

この職場に来て半年だが、事務的なこと以外で同僚と口をきいたことがないのだ。他の女性社員たちは楽し気に会話をしているので、自分だけが除《の》け者にされているのは強く感じていた。

そんな扱いをされる理由はわからない。よほど入社時の印象でもよくなかったのか、その職場で働くようになってすぐ、そんな空気にあてられていたという。

会社の中にストーカーがいるとすれば、上司も含めた六人の男性全員が疑わしい。

しかし、その証拠はない。

たとえ、訴えるなり警察に頼るなりして解決できたとしても、その職場で普通の顔して働き続けられるだろうか。

どのみち居心地は悪いのだし、もう、あんな職場は辞めて実家へ帰ってしまおうか。

本気で辞職を考えた、その夜。


外から歌声が聞こえてきて、夜中に目が覚めた。

複数の女性が声を合わせて歌っている。

酔っ払っているのだろう。いいな、楽しそうで。

そのうち合唱の声は揃わなくなって、ただのうるさい雑談に変わる。

未奈さんはそれが、どうも自分の悪口を言っているように聞こえてならない。

どこかで聞いたような喋り方だなと思いながら聞いていたが、五分、十分と聞いているうちに、だんだんと職場の同僚らではないかと思えてきた。そうだと思って聞くと喋り方も声もそっくりである。

やがて、はっきりと未奈さんの名前が聞こえるようになった。しかもフルネームである。会話が絡まり合って言われていることはよくわからないが、合間に度々、魔女のような不快な笑いが入るので悪口であることは間違いない。

たまたま近所で飲んでいたのだろうか。本人の家の前で悪口三昧とは。

声は徐々に近づいている。

もう、誰が喋っているのかまでわかるくらいに。

窓硝子一枚隔てて憎たらしい笑い声が聞こえてくる。

——あいつら、窓のすぐそばにいるんだ。手の届く距離で、私のことを嘲笑《あざわら》っているんだ。

まさか、ここに私が住んでいることをわかってて——。

きっとそうだ。ストーカーもこの女たちがやらせてたんだ。

最低最悪なクソ女たち。

おかげで会社を辞める決心もついた。

最後にストレスを発散してやろうと考えた。どうせもう二度と会わないのだ。

すーっと息を吸うと、浴びせる言葉を十分ためてから勢いよく窓を開けた。

「アンタらさっきから聞い——」

ぴたっと話し声が止む。

「え？」

——いない？

外には人影一つなく、数時間前の雨でぬめぬめと黒光りする道路が左右に伸びているだけだった。

窓から身を乗り出し、どこかに隠れているのではと夜陰に視線を這わせる。

消えた。

たった今、手を伸ばせば届くすぐそこで、自分の悪口に興じていたヤツラが。

未奈さんは呆然と目の前の道を見つめていたという。

大好きだったお姉さん

小さい頃はよく、大学生くらいのお姉さんが毎日のように遊んでくれた。絵を描くことが大好きだったから、このお姉さんのことを毎日のように自由帳に描いていたことを覚えている。とてもカラフルで明るい色ばかりを使っていた覚えもある。今思えば、そうして絵にすることが仄《ほの》かな恋心の表れだったのだろう。会えない時はその絵をうっとり見つめながら、お姉さんのことを想っていたに違いない。

健介さんは遠い目で当時を振り返る。

髪は長く、着ているものはいつも白いシャツと水色のスカートだったと記憶している。すぐ近所に住んでいて、家にも遊びに行ったことがある。場所も家の外観も覚えていないが、家の中のことは少しだけ覚えていて、玄関に入ってすぐのところに大きな水槽があり、その中で大きく肥えた金魚たちがぶつかり合いながら泳いでいた。

どの金魚も目が一つしかないんだよとお姉さんが言うので、本当かなと覗き込んだら、本当に顔の真ん中に一つだけポツンと目があった。

家ではトランプの神経衰弱ばかりをやっていた。健介さんが唯一できるカード遊びだからだ。

あっという間に日が暮れて、帰りたくないといってよく泣いた。

そうしてなかなか帰らないでいると、母親が鬼の形相で家まで迎えにきた。玄関先で叱られてビンタをされ、泣きながら引きずられて帰ったという。

なんとも甘くて切ない思い出なのだが、母親には「そんな子に会ったこともない」と気味悪がられてしまった。

覚えていないのではなく、知らないという。

健介さんをそんな家まで迎えに行ったことも一度もないと、完全否定である。

それどころか、当時の健介さんは学校から帰ると外へは一歩も出ず、ランドセルを背負ったまま居間でゴロリと寝ころがってそのまま眠りこけてしまい、晩御飯の時間までなにをしても起きなかったという。だから、その思い出はみんな健介さんの夢か妄想だというのである。

健介さんは母親の言葉よりも自分の記憶のほうを信じたくて、当時の自由帳を探した。子供の頃に描いた絵はすべてではないが親が残していたはずだ。

すると、お歳暮の箱に入った自由帳とお絵かき帳が三冊ずつ出てきた。

しかし、残念ながらそこに、あのお姉さんを描いた絵は一枚もなかった。どうやら、みんな捨てられてしまったらしい。

あのお姉さんではないが、その代わり、違うお姉さんの絵はあった。

血まみれの金槌《かなづち》のような頭をした人の絵の横に『だいすきおねえさん』と幼い字で書かれている絵が一枚だけ残っていたのである。

注意勧告

タクシードライバーの方から移動中にうかがった。

怖い話かどうかはお客さんに判断してもらいたいんですけど。

妻なんですがね、私の一回りくらい年上で、私が三人目なんですよ。

そうです、私は初婚ですがね。

で、二人目の旦那がかなりしつこかったらしく、別れた後も未練たらたらでバイト先までやって来て、まあ復縁を迫ってきたらしいんです。

こういうとウチのが無情な女っぽく聞こえるんですが、その二人目の旦那、肺を患っていたらしくて、その頃からあまり長くないだろうって、そう言われていたそうで。

なんでも本人が医者からそう言われたって、しきりに妻に言ってたみたいです。

だから別れたってわけじゃないんですよ、先がないからとかそういうのではなくて、
その旦那、ほんとなんにもしない人で、働かないんですって。それが病気だからとかじゃなくて、妻に食わしてもらう気満々な人だったそうなんです。

で、なんとか話をつけて別れたまではいいんですけど……そこから半分ストーカーですよ。もう一度オレとやりなおそうってね。

で、ここからなんですけど。

その人がね、死んだらしいって。

妻が知人からそう聞いたらしいんです。

いや、それが肺のほうじゃなくて、どうも自殺したらしいと。

妻はそう聞いていたみたいです。まあ人伝《ひとづ》てに聞いただけなんで、ほんとかなぁとは疑ったみたいですけど、その時は確かめる気もまったくなかったみたいで。まあもういっちゃえば他人ですからね。

なんかね、以前から「オレは自殺するぞ」ってメールを送ってきてたそうなんですよ。

何度か。でも、あいつにそんな度胸あるわけないって思ってたんですって。そしたら、ああ、やっちゃったのかって。

まあ、ショックだったみたいですけど、やっぱりそこは、ねぇ、他人ですから、なんとか忘れるようにはしてたんです。

それからね、変なものを見たって、こういうんですよ。

私と一緒になる前ですけどね、夏ぐらいに友達と会って喫茶店に入ったんです。

そうしたら隣の席でなんだか独り言こぼしてる男がいて、やだなって思ったそうなんですが、なんとなくその独り言を聞いてたんですね。

その内容がね、明らかに自分のことだって、そういうんです。

もしそうならエラいことですから。いや、いろんな意味で。

だから、友達の頭越しにその席をヒョッと覗いたそうなんです。

そうしたらね、顔の上のほうだけ見えて、でもそれが完全に前の旦那だったと。

そうなんですよ。二人目の、自殺したって言われてた。

で、ゾッとして、なんだよあいつ、生きてるよってなって。

後をつけてきたのか偶然か知らないけど、今顔合わせたら絶対に刺されそうな雰囲気をすぐ隣の席で出してたんで、友達にこっそり伝えて店を出ようとしたら、隣の席、女子高生の四人組だったって。

空耳とか、幻覚とかじゃなかったって言ってましたけどね。

はっきりと自分のことを憎んでいるような言葉を聞いたんだって。

どこかで隠れて見ているんじゃないかって、喫茶店を出てからもしばらく、キッて後ろを振り向いたりしてね。気が気じゃなかったそうですよ。

結局、その二人目なんですけどね、やっぱり死んでたらしいんです。

ただそれが自殺とかじゃなくて、ええ、それはデマで。

やっぱり肺がダメだったみたいですね。多分ガンでしょうね。

でも、これで終わらないんですよ。

そうなんです。またね、見たって。最近ですよ。

そっくりな人を街で見かけたらしくてね。

そう。二番目の旦那。

だからもう、あいつほんとは生きてるんじゃないかって、怖がってるんですよ。生きてたら、ぜったい私に危害を加えてくるような人だから、本当に気をつけてよって、そう言われてるんですよ。

どう気をつけたらいいんですかね。

軋み

許せないという。

栗木さんの怒りの矛先《ほこさき》は現在お住まいの物件を紹介した不動産会社である。

問題の物件は店頭に貼り出されている「オススメ」だった。

築年数が四十年と古さは少し気になったが、その他の記載情報がたいへん興味深く、聞くだけならタダだからと即日問い合わせたという。

担当した若い男性は「ところどころガタがきていますよ」「お墓が見えちゃいますけど」「壁が薄いんで隣の音とか気になるかもしれません」と明けすけに物件の弱点ともいえる情報を教えてくれた。不思議なものでそう言われると逆に見てみたくなる。

後日、内見に行ってみると確かに建物自体は相当古いが中はそこまで「ガタがきている」とは感じない。壁が薄いと言われたがそこまで音は気にならないし、お墓も遠くに小さく見える程度。家賃もびっくりするぐらい激安で、なによりペット可である。

これ以上の物件とはなかなか巡り合えないと思い、その日に契約をした。

住んでみるとこれが想像していた以上に快適であった。

口煩《うるさ》い大家も迷惑な住人もおらず、日当たり、風通し、ともに良好。鳴き声の苦情も気にせず愛犬チョコと暮らせるのも嬉しい。スーパーやコンビニも近く、駅からも徒歩五分と申し分ない物件だった。

ただ、軋むのである。

床板が古くなっているため、歩けばギシギシと鳴る。それは内見の時にもうわかっていたことなので別にいい。

問題は、栗木さんが歩かなくても軋むことだった。

始まるのはだいたい夜十一時から深夜一時くらいのあいだのどこか。部屋の中をなにかが移動しているようにギシ……ギシ……と聞こえる。

はじめは他の部屋を疑った。しかし、足音だけが時間限定で聞こえてくるというのも不自然である。

それに、この軋むような音は時々、栗木さんのすぐ目の前を通るのだという。

なにより、彼女の愛犬の行動がおかしい。

これが始まるとチョコが怖くなる。

低い唸《うな》り声をあげて、視えないなにかを追いかけだす。

音に反応しているだけでなく目でなにかを捉えているようで、あちこちに視線を振る。

静かになると音の止んだ場所に向かって激しく吠えたてる。吠える先には何様かがいるのだろうが、肉眼では見ることができないし、見えても困る。

以上のことから、異音は間違いなく栗木さんの部屋で聞こえている。

幽霊物件に当たったのは初めてなので、どうしていいのかもわからない。

可哀そうなのはチョコである。

とてものんびり屋で穏やかな性格な子だったのに、この部屋に住むようになってから、ずっと警戒状態でろくに寝ていなかった。そうやって自分のことを悪いものから必死に守ってくれているんだと感じて愛おしかったが、その負担はあの小さい体には重すぎた。入居から半年後にチョコは急死してしまう。

過度のストレスによる自傷行為でできた傷の悪化が原因とされた。

チョコの葬儀の後、栗木さんは不動産会社に抗議の電話を入れた。家族同然の愛犬を殺されたのだから当然の行動である。

しかし、不動産会社側に契約上の不備があったわけでもなく、責任を問うことはできなかった。

チョコがいなくなってから、部屋の軋みはすっかり落ち着いたという。

引っ越しはまだ当分考えていないそうだ。ここ以上の物件はなかなか見つからない。

問題は孤独である。

栗木さんの生活に犬は欠かせない。

また飼いたいのだが、もしかしたらまた、部屋が軋んで、チョコと同じ運命を辿らせてしまうかもしれない。

だから、なかなか踏ん切りがつかないんですと、栗木さんは小さく吐息を漏らす。

軋む

宗形さんはプラモデル作りに夢中になっていた。
ギシ……ギシ……。
隣の姉の部屋からである。
時計の針は午前二時を回っている。
うるせぇーな、何時だと思ってんだよ。
ギシ、ギシ……ギシ、ギシ……。
なにが軋んでいるのか、音が気になってプラモデルに集中できない。
壁でも蹴ってやろうかと立ち上がると、今度は姉の声が聞こえてくる。
まだ携帯電話のない時代である。宗形さんは姉が独り言をいっているのだと思った。

ただ、独り言にしては声が大きい。

受験のストレスでいよいよおかしくなったのだろうか。

すると姉の声に答えるように、男の声が聞こえてきた。

――そういうことか。

すぐに隣室の状況を察した思春期ど真ん中の宗形さんは、作りかけのプラモデルを放りだすと壁にぴったり耳を押し当てた。

だめだ、ギシギシがうるさくて会話の内容が聞こえない。

もっと、そばで聞こう。

猫のようにそうっと部屋を抜け出て、姉の部屋の前に屈みこんで聞き耳をたてる。

もう話し声はせず、苦しそうな男女の呻きに変わっている。ギシギシという音もギッシギッシと激しいものに変わっていた。

ふと、我に返る。

おい、姉ちゃんだぞ。

この扉の向こうにいるのは、あの姉ちゃんだぞ。

途端に自分の行動が気持ち悪くなる。

今夜はなにも聞かなかった。そういうことにし、この場を去ろうと立ったところで姉の部屋のドアが開いた。

すっぴんの姉が口に歯ブラシを突っ込んだまま、訝しむように目を細めている。

「あんたこんな時間になにしてんの」

「え？　プラモ作ってたけど」――答えになっていない。

チラリと姉の部屋を見るが男の姿はない。瞬時に隠れたか、やることをやってさっさと帰ったのか。

「プラモはいいから、さっさと寝ろ」

姉は不用心にも扉を開けたまま、口をゆすぎに行ってしまった。

どうぞ調べてくださいということだ。

姉の部屋に入るとすぐさま、カーテンの裏やベッドの下など人が隠れられそうな場所を探してみた。しかし、男の姿はおろか、ベッドにもそのような行為の痕跡は見られなかった。

――という話を数年後、姉に打ち明けた。
「おまえ最悪にキモいな」と姉にドン引きされたという。

無人船

まもなく喜寿《きじゅ》を迎える深森氏は、某郡の沖合に浮かぶA島で生まれた。十六歳までをそこで過ごしたが就職のために島を離れ、それからは何十年も海のない土地で暮らした。

島に怪談のようなものがあったかはわからないそうだが、子供たちの間で無人船の噂が広まったことがあるという。

それはこのような噂である。

《年に一度、予定にない無人船が寄港する》

それだけである。

これといった不思議・怪異譚でもない。

当時、島の船といえば漁船であった。一隻のみ島外への不定期便として使われるものがあったが、ほとんどの島民に島を出る理由がなく、利用されることは稀であった。島外へ行く者が出ること自体が島にとっての大イベントだったのである。

それ以上に島が沸くのは、島外から船がやって来ることであった。それは出稼ぎに行っていた者たちの帰還であり、そういう日は土産《みやげ》物を目当てに関係のない子供たちまで港に集まった。港に向かってくる船の姿は、島のみんなを高揚させたという。

一年にたった一度だけ、人知れずやってくる無人の船は、船を待ち望む島民の強い想いが生んだ噂なのかもしれない。

島を出てから、深森氏はずっとそう思っていたという。

三十四歳になって初めて帰郷した時、懐かしい顔ぶれと再会した。

小中学校をともに過ごした元ガキ大将たちである。

集まった半数以上は島から一歩も出ることなく家業を継いだ者であり、一度島を出た者たちも故郷の海が懐かしくて戻ってきた口だった。みんな、海しかないこの島が好きだった。

彼らの思い出語りを耳にしながら、深森氏はふと無人船のことを思い出した。

「なあ、幽霊船みたいな話があったろ？」

皆が「おっ」という顔をする。

いい話題があったじゃないかと酒席は再び盛り上がる。

「今考えても不思議な船だったよな」

「目に焼き付いてるよ」

「一生忘れないだろうな」

ちょっと待ってくれ、と深森氏が口を挟む。

さっきから聞き捨てならない。

「あれは、ただの噂なんだろ？」

なに言ってんだ、そんな視線が深森氏に集まる。

「我らがふるさとの最大のミステリィだろうが」

「あれ以上に心が躍ることってなかったよ」

中学一年の頃の盆の晩、無人の船が港に着いたと島中が大騒ぎになった。

夜遅くにもかかわらず、船を見にたくさんの大人や子供が港に集まった。

船は本当に来ていた。

大きく、はっきりと色はわからないが全体的に黒く見えたという。

「あれを見ろ！」

先に騒ぎだしたのは大人たちだった。

人魂のようなものを見たと船上を指さしている。

いくつもの人魂が飛び交うのを見た者もいた。船内に人影を目撃した者もいた。なにも見えないぞと不公平を訴える者もいた。

あの晩は、人によって見えたものが違っていたのだという。

数人の大人が何度も船内に入って調べたが、生きている者も死んでいる者も一人も見つけられなかった。

「こいつは本当に無人だぞ」

そんな大人の言葉を聞き、噂の無人船が実在したことに興奮した子供たちの甲高い声が夜に響き渡った。

すると、船倉あたりから火が出た。

はじめは小さな火だった。

それが、あっという間に燃え広がって消火が追い付かず、無人船は多くの謎を残したまま島民たちの目の前で沈んでいった。


深森氏はみんなの話を聞きながら、自分だけが貴重な宝物を取り逃したような、なんともいえない気持ちになっていた。

島中が騒ぎになるほどの〝大事件〟を、なぜ今日まで知らなかったのかと、みんなに不思議がられたという。

もらった

宮木氏はたいへん由緒ある家系に生まれた。

今はそのほとんどを売却してしまったそうだが、昔はたくさんの山や畑を所有していた豪家であったという。

この家には「本家の〝汚れ〟は分家でわける」という言い習わしがあった。親に溜まった悪いものを子供全員で分けることで希釈するということだろうか。

いつ頃の習わしかはわからないが、親の名を守るために子がなにかを背負うというのは時代と逆行した考え方である。今はそこまで〝家〟や〝血〟というものに重きを置かないだろう。

本家の〝汚れ〟とは、悪徳な金回しで利潤を上げた証拠書類のことだと生々しい解釈をする親族もいるという。

では、〝汚れ〟とはなんなのか。


幼少の頃、本家には不思議な人がいたという。

顔色の悪い長髪の男――名前は知らない。

ひじょうに小柄で、粗末な半纏《はんてん》と猿股《さるまた》を身に着けている。

宮木氏は人には感知されづらいものを見ることがあったが、この男は幽霊のようなものではなく、ちゃんと触ることも話すこともできる生身の人間であった。

だが、宮木氏の知る限りでは、彼に触る者も話しかける者もいなかった。

なにをするというわけでもない。

一定の場所にいるのではなく、家のあちこちで見かけた。家は広くて部屋数も多いので、会わないことも多かった。

勝手に外から入り込んだ人間を放っておくわけもないので、少なくとも親は何者かをわかっていたはずだ。しかし、触れてはならないことなのか一度も話してくれることはなかった。

東京の大学へ行くため、宮木氏は高校を卒業してすぐに家を出た。

やがて郷里から遠く離れた地で新たな家庭を築く――つまり分家となったのである。

第一子が生まれた翌年。

自宅内で、顔色の悪い長髪の男を見るようになる。

しかし、もう以前のような生身の姿ではなかった。壁に吸い込まれるように消えたからだ。

はじめは驚いたが、子供の時分から見ていた男だから怖くはなかった。大人になってからも霊のようなものはよく見ていたので、耐性があったというのもある。

この男は半年に一度くらい姿を見せたが、気がつくと現れなくなっていた。

それからまた歳月が流れ、息子は大学を中退、夢を追って家を出た。

数年後、音信不通となった。

さらに月日が経ち、借金取りから逃げ回っている、風俗嬢のヒモになっているなど、あまり芳しくない噂ばかりを聞くようになったが、生きていることがわかって安心した。

そんな息子がある日、ふいに帰宅する。
二十数年ぶりに会う息子は変わり果てていた。
その姿を見て、ようやくわかったのだという。
ああ、うちは、もらっていたんだな。
汚れを。

疲弊しきった息子は、顔色の悪い長髪の男になっていたという。

イエスかノーか

事務所を立ち上げたばかりの頃、桐生さんは騒音に悩まされた。

事務所のある四階フロアのトイレから、小太鼓に似た音がリズミカルに聞こえてくる。時には複数の若い女性の話し声や笑い声も聞こえる。

共有トイレなので他の会社の社員だろうと気にしないようにしていたが、同フロアに入っていた会社が潰れ、空き室にテナント募集中の紙が貼られている期間にも音や声は聞こえていた。

騒音は決まって、納期が迫って家へ帰れない日に起こった。

しかも、自分が仮眠しようとすると聞こえるのである。仮眠をとる時間はまちまちなので、そのタイミングを狙ってやっているとしか思えない。

もしそうであれば、明らかに悪意を持った嫌がらせである。

騒音の犯人を捕まえようともしたという。だが、相手の逃げ足は異常に速い。

騒音を聞いてすぐに向かったが、トイレに入った途端にシンとなり、そこはもぬけの殻——というようなことが頻繁に続いたのだという。

さすがに疑ったという。

これは本当に人がやっているのかと。

そう感じた時点で、すぐに何らかの対処をすべきだった。

しかし、桐生さんはその手のもの——いわゆる霊の類を認めることを拒絶していた。宗教にはまって人生を狂わせた人間をたくさん知っていたからである。

久しぶりに会う人たちにことごとく「ずいぶん痩せたな」と心配された。

体重計にのってみると自分の思っていた体重の三分の二ほどしかなかった。

この頃は食欲がなく、よく熱を出してダウンしたり、強い眩暈《めまい》を感じたり、手足の指先が痺れるといった身体の異常を感じたりすることも多かった。すべては忙しさにかまけて自身の体調管理を怠っていたためだ、そう思うことにして、あくまでトイレの音と自身の体調とを繋いでは考えようとしなかった。

その結果、桐生さんは高いツケを支払わされることとなった。


病院で受けた健康診断の結果が最悪だったのである。

医師からは、身体のあちこちがボロボロだと呆れられ、入院待ったなしの状態だと淡々と告げられた。

会社を立ち上げて、これからという大事な時期である。長期の入院などできるはずがない。

日々の生活を改め、厳しく体調管理をすることでなんとか入院だけは避けようとした。

ところが、そこに追い打ちをかけるように大口の仕事が立て続けにキャンセルとなり、身体だけでなく精神状態もボロボロになってしまった。

運気まで下がったのかと打ちひしがれていたところ、大学時代の先輩から飲みに誘われた。

一連のことを話すと「お前それは普通じゃないよ」と深刻な顔をされた。解決できそうな知人がいるから紹介してやるという。

「それ、宗教とかじゃないですか?」

この期に及んで警戒を見せると、「贅沢いってる場合か」と説教をされたという。

すぐに紹介するということだったが、それから一週間経っても二週間経っても連絡がない。

そして、すっかり忘れていたころに「○○塩業」というところから事務所に荷物が届いた。

覚えがないので開封をためらっていると、先輩から連絡があった。

「よう、届いたか?」——荷物は先輩が手配したものであった。

紹介する予定だった知人が音信不通になってしまったので、代わりに「よく効きそうな塩」を送ったのだという。

盛り塩でなんとかしろというのだ。

――さんざん待たせておいて塩かよ。

しかし、今は藁にもすがりたい状況。半信半疑ながら、事務所の入り口に塩を盛った小皿を置いていると、トイレから例の太鼓のような音が聞こえてきた。

すかさず塩を掴んで事務所を飛び出し、トイレのドアを勢いよく開け放つ。

「みんなおまえらのせいかよ！」

正面の洗面台のあたりに握っていた塩を投げつける。

次の瞬間、急に強い眩暈が桐生さんを襲った。そして両膝の力が抜け、その場に座り込んでしまった。

足に力が入らず、立ち上がることができない。

今から自分は幽霊を見てしまうのか、そう考えると恐ろしくてたまらない。

桐生さんは這ってトイレから出ると事務所まで戻り、先輩に報告を入れた。

「どっちだ？」と先輩は唸る。「『おまえらのせいか』って聞いた瞬間にそうなったんだろ？　それってさ、お前の質問に対するイエスなの？　ノーなの？」

いずれにしても、塩もあまり効きそうもないということになり、まずは仕事を休んでしっかり入院してこいと言われた。このままだとおまえ死んじゃうよ、と。

その後、事務所の全業務を一旦停止して入院した桐生さんは三カ月で復帰した。意外に塩の効果があったのか、あるいは桐生さんがいなくて張り合いがなくなって去ってしまったか、復帰後はトイレからの異音を一度も聞いていないという。

K団地の怪

K団地の話は過去にも書いており、相当な前だがイベントでも語ったことがある。飛び降りが多く、またそれ以外の自殺も頻繁にあった。過去には殺人事件もあったので、しばしば怪談の舞台となっている。本格的なものから都市伝説の類まで、私が知っているだけでも七、八例ある。

このK団地に住んで四年目になる羽柴さんは、そうした過去があったことをつい最近になってネットで知ったという。しかも、心霊系のサイトからである。そこでも本稿と同じようにK団地と実名を伏せられていたそうだが、他の情報から見ても自分の住む団地で間違いないとわかったのだそうだ。

「妻も僕も霊感はないんで、それまでそんな体験は一度もなかったんです。だから、なんでうちなのって。でも、場所が悪かったってことですよね」

というのも、羽柴さんご夫婦はK団地に住むようになってから度々、不思議な体験をするようになったのだという。


その日、羽柴さんと奥さんはただ事ではない音を耳にした。

屋上から土嚢を放ったような音である。

「なんだよ今の、だれか落ちた？」

奥さんとベランダに出て下を覗き込むが、土嚢も人も落ちていない。

隣から網戸の開く音がして、ベランダに人が出てきた気配がある。

「いま、なにか落ちましたよね？」

声をかけてから、羽柴さんは気づく。

あ、ここ、角部屋だ、と。

だが、ご夫婦で確かに聞いたのだという。

「おちました」という女性の声を。

先の出来事の数日後。

仕事で帰りの遅くなった羽柴さんは明け方近くに家に着いた。

奥さんを起こさないようにそっと鍵を開けて家に入ると、一日中外回りで汗だくだったので早くさっぱりしたいと、玄関に鞄を置くとそのままバスルームへ向かった。

「なんだ？」

とてもシャワーを浴びられるような状態ではなかった。

バスルームには衣服が山積みになっていた。

おそらく家にあるすべての衣服が集められている。どれも、びしょびしょに濡らされていて、明日着ようと思っていた服もあった。シャワーヘッドからは水が滴っていた。

寝室へ行って寝ている奥さんの身体を揺する。

まったく起きないので照明をつけると、身をよじりながら眩しそうに顔を歪めた。

「帰ったなら声かけてよ」

バスルームのあれはなんだと聞くと、奥さんは寝起きの粘っこい声で経緯を話した。

「服が汚れてたから」

洗濯物を畳んでいたら、羽柴さんの服にひどい汚れを見つけたらしい。不安になって箪笥から全部引っ張り出してみたら、どの服にも毛とか血とか虫の死骸とか、色々汚いものがこびりついていたから、全部まとめて洗ったのだという。

洗濯機を使わなかったのは、こんなに汚れたものを洗ったら壊れる気がして、という理由だった。

このことは羽柴さんにも電話で相談をしたはずだという。

「しっかりしろよ、そんな電話なんてもらっちゃいないぞ」

「うそ？」

自分のスマートフォンを見て履歴を探すと、ぼんやりした目を羽柴さんに向け、「ほんとだ」と笑った。

なにかに取り憑かれてでもいたのか、まるで別人の女の笑みだったという。

「これだけじゃないんですよ。他にも……そっちのことなのか、それとも関係ないのか、判断に困るようなことが色々あって。とにかく原因がわかっただけでもいいですよ。恨まれてるとか、うちの部屋で誰か死んでるとか、そういうのだったら勘弁ですけど……団地全体がヤバかったって、そういうことですもんね。自殺の名所じゃ、しょうがないですよね」

「いや、あの、実はですね……」

早い段階から私は、違うことを知っていた。

羽柴さんの住まれているK団地と、私が著書で記したK団地は違う団地であると。

体験談の冒頭で羽柴さんの口から出た団地の名称から、それがわかってしまったのだ。

――これは後にわかったことだが、羽柴さんの住むK団地においては私の調べた限りでは、事件や事故に関する記事は一つも出てこなかった。少なくとも、ネットから拾うことはできなかったのだ。

「じゃあ……うちで起きてることは、いったいなんなんですか？」

困惑に固まる羽柴さんの顔は、どんどん色を失っていく。

揺れる雪隠

大介さんの祖父宅のお手洗いは今もボットン便所である。

汲み取り穴にプラスチック製の便器をかぶせただけで、下には奈落のような闇が溜まっている。足を踏み外せば頭までうんこにつかるぞと、よく祖父から笑いながら脅されたものだという。

そんな祖父の言うことだからどこまで本当かはわからないが、ここはもともと便所ではなく、潰した鶏を吊るしておく場所だったという。首をひねられた鶏がぶらぶらと揺れていたのだそうだ。

だからなのか、天井が異様に高くて無駄に広く、用を足していると背中がそわそわして落ち着かない。昼間に行っても薄暗い。天井近くに小さな窓はあるのだが、目の前に物置が建っているため明かりは一切差し込まない。

それなのに照明は天井から下がる裸電球のみである。

子供の頃になにが怖いと問われれば、真っ先に祖父宅の便所を挙げたという。


中学時代の夏休み、祖父宅の夕食に出た生牡蠣に当たってしまい、大介さんは盛大に腹を下した。

抉るような腹痛の波が分刻みで打ち寄せるので眠ることができず、便所と布団を何度も往復しているうち、いちいち便所を出るのが億劫になってしまい、こもりっきりとなった。幸いにも深夜だったので家族はみんな寝ており、便所は大介さんの独占状態だった。

上からも下からも出し尽くして枯れたようになって屈んでいると、急にグラリときた。

地震だ。

電球が大きく円を描くように揺れている。

そうとう大きな揺れだ。ぐるぐると回る電球にかき回された自分の影が、便所中を目まぐるしく動いている。

すぐにでも避難をしたかったが、揺れと同時に腹の痛みが最高潮に達していた。そのために出たくとも出られず、地獄のような状況だった。

しかし、このままでは今に床が抜けて奈落の底へと真っ逆さまである。

這ってでもここから出なければ――尻も拭かずにパンツを上げて立ち上がる。

「あれ?」

揺れはおさまっていた。

ホッとして脱力する。

壁ではまだ自分の影が激しく躍っている。影の動きをじっと見ていると、まだ便所が揺れているような、そんな錯覚を起こしそうだった。

電球だ、と見上げた大介さんは声をあげて尻もちをついた。

細長い腕が電球のコードを掴んで揺らしている。

その腕は窓から伸ばされ、窓の外からは平面的な男の顔が黒目がちの目を細め、満面の笑みを浮かべていた。

見たこともない男だったという。

水面

久美さんは中学生時代にこんな体験をしている。

夏にはよく、中国地方にある某海岸のある町へ家族旅行に行っていた。その土地で毎年行われる、ある有名な祭りへの参加が目的である。

その日は渋滞につかまることなく、到着したのは昼過ぎ。しかし、祭りの本番は夜からである。それまで両親は商店街を巡って時間を潰すというので、久美さんは一人で遊んでいようと、ビニールボートを持って浜辺へと向かった。

その年は派手な宣伝効果の影響でビーチは例年になく観光客で大賑わい。水着姿を人に見られるのが嫌な年頃の久美さんは、少しでも人のいない場所を求めて浜辺を歩いた。

背にした賑わいの声がどんどん小さくなって聞こえなくなった頃、人目の届かない格好の岩場を見つけた。

しばらくそこで遊んでいると、さらに奥の方に岩で囲まれた露天風呂のような場所があるのが目に入り、面白そうだと向かってみた。

これが素晴らしい遊び場だった。

そこは大きな器状になっていて、潮が引いて閉じ込められた魚がたくさん泳いでいた。海面に顔をつけるとビーズをちりばめたような小魚の群れが足のまわりを戯れている。囲う岩のおかげで波からのちょっかいも受けず、沖へ流される心配もないのでビニールボートに寝そべってうとうとしていた。

どれぐらいそうしていたのか。

とん、とビニールボートの底からなにかに突かれたのがわかった。

「魚？」

それにしては大きい。岩の器の中は小魚がほとんどだった。

海面を覗こうとすると、ボートの底を下から強く押し上げられ、そのままひっくり返された。

どぼんと海に投げ出され、海中に沈んだ久美さんは、すぐに上へあがろうとしたが、どういうわけかまったく体が進まない。頭上に見える水面の輝きがどんどん遠く小さくなる。久美さんは泳ぎが得意であり、この時もさほど慌ててはいなかった。にもかかわらず、泳げば泳ぐほど沈んでいった。

死ぬかもしれない——息が苦しくなり、一瞬だけ覚悟をしたが、それでも諦めずにあがいていると、だんだんと水面の光が頭上に近づいてくる。少しずつだが浮上していたのだ。

よかった、自分は助かるんだと安堵した。

——なに?

水面の輝きの揺らぎがおかしいことに気付く。

頭上に広がる白い光。それは海面に映る陽光ではなかった。

顔だ。

お婆さんの白い顔が揺れている。

しかも、大きい。

そういう絵柄の絨毯を広げたように広がっている。映写機で映した映像にも見える。

パニックにはならず、落ち着いた判断で顔のない方へと浮上の舵をとった。

こうして元の岩場に戻れた久美さんは、空気が抜けて萎れているビニールボートを回収すると妙に脱力してしまい、しばらく岩に座ってぼんやりしていた。

ビニールボートは鋭利な刃物で切られたように底の部分が裂けていたという。

実は以前にも、この場所にまつわる体験談を著書に書いている。この岩場付近が自殺の多い場所であったがために起きた身震いのするような体験談であるが、今回のような霊にまつわる話ではなかった。

そのことを話すと、あのお婆さんは自殺した人ではない、久美さんはそう言い切った。

なぜなら、そっくりな人物を知っているからだという。

「私です」

自分だからこそわかるのだという。

あれは数十年後の自分の顔だと。

「死ぬのは今じゃない。この年までお前は生きるぞって見せられたみたいで」

あの時は誰かに救ってもらったのだと今でも信じているという。

勝手口

梨本氏は中学一年生の頃にイジメに遭っていた。

きっかけは部活内での些細な口論。はじめは無視や陰口だったが、次第にエスカレートしていって暴力的な行為も受けるようになった。やがてそれは部活動の時間以外にも及び、居場所を少しずつ奪われていき、とうとう学校に行けなくなってしまった。

親にはすべてを話していたので『行かない』という選択に理解を示してくれていたが、梨本氏としては家にいるのも大変気まずく、それはそれでストレスになった。

毎日がんばって学校へ行っている弟たちに「休めていいなー」なんて言われてしまうと、長兄としての立つ瀬もなかった。

そこで、親の勧めで隣町の親戚の家へ通うことにした。

大学生の従姉はバイトで帰宅がだいたい遅く、叔母も仕事で午前中に家を出たら夜まで帰ってこない。漫画や小説を従姉はたくさん持っていたので、留守番をしながら読書に耽るという悠々とした日々を送っていた。

この家は古い借家であり、三部屋が一列に連なる間取りをしている。

ここには、どうしても行きたくない場所があった。

台所である。

なんだか暗いのだ。

蛍光灯をつけても明るくはならず、どんよりとしている。

それだけでも嫌なのに、ここには勝手口がある。

薄暗い台所のさらに暗い奥にある、陰気な白い扉。この扉の存在がたまらなく不気味だった。

開いたところを一度も見たことがないというのもあるが、扉の向こうがなにか得体のしれない場所に繋がっていそうで、非現実的な想像ばかりをしてしまう。

だからトイレと冷蔵庫を利用する以外では、台所に足を踏み入れないようにしていた。

小雨の降る薄暗い日だったと記憶しているという。

静かな雨音を聞きながら、寝そべって漫画本を読んでいた。

カチャ。

ノブを回す音だ。

台所へ視線を向ける。

生白い勝手口の扉がかたかたと震えている。

叔母たちが勝手口から帰ってきたことはない。まだ帰宅の時間でもなかった。

かたかたと鳴る扉から目を離さないよう、そうっと立ち上がる。

誰だろう。泥棒だろうか。なにか武器を探したほうがいいか。

カチャ、カチャ。

二度、ノブが鳴る。

——開けようとしている?

ちゃんと鍵はかかっているようだが、でも開かないとわかったら玄関のほうから回ってくるのではないか。

玄関の鍵はどうだろう。今のうちに確かめたほうがいいか。それともそのまま玄関から逃げようか。でもそこでもしバッタリ会ってしまったら――。

どうしよう、どうしよう。

追い詰められた梨本氏は、従姉の机の下のスペースに入りこみ、椅子を引き寄せて自分を隠すという行動に出た。ほとんど意味のない隠れ方だが、この時はそれがせいいっぱいだった。


気がつくと、梨本氏は自宅の脱衣場に座り込んでいた。

「え？　うち？　なんで……」

なにが起きたのかと混乱する。

夕食を準備中の母親に声をかけると「あんたもう平気なん？」と聞かれた。

どういう意味かわからない。

自分は今日、従姉の家へちゃんと行ったのかと、梨本氏は変な質問をした。

母親によると、行ったには行ったが昼前に帰ってきたという。

その時の梨本氏は今まで見せたことがないくらい妙にテンションが高く、どうしたのかと聞いても言うことが支離滅裂で会話が成り立たない。

急にお腹が空いたと変な声で歌いだしたので、冷蔵庫のものを色々出してあげると、白米ばかりを食べて他はにおいを嗅ぐだけで箸をつけなかった。ひとしきり米を食べると、その後はずっと家の中をうろうろ歩いていたという。

当然だが、なに一つ覚えのないことだった。


この件はなにもわからないままで終わっている。

あの日以来、梨本氏は従姉の家へは行かなかった。

その後、親が学校側に相談し、学年が変わったことをきっかけに少しずつ学校へ通うようになったという。

何年か前に当時のことを家族と話した時、母親から言われたことがずっと耳に残っているという。

「あんた、あのころ学校のことで不安定やったし、そこんとこつかれて、えらいもんにとり憑かれてたんやろ」

だとすると、それはあの勝手口から来たに違いない。

梨本氏はそう信じているという。

白い歯

世間一般では、笑った時に覗く白くまばゆい歯は相手に好印象を与えるそうだが、亜香里さんはアレが嫌で嫌でたまらない。

高校生の頃の体験が影響しているのだという。

その日は、部活動のある日曜日だった。

通学に利用している電車内で、陽に灼けたように黒い顔をした三十代くらいの男から、急に話しかけられた。

はじめはなにを言われているのかわからなかった。日本人ではないのかとも思った。無視していると男は亜香里さんのテニスラケットをチラチラ見ながら、自分も同じ高校のテニス部だったということを急にアピールしだし、「おれ部長だったんだ」「あの部室って狭いよね」と馴れ馴れしく話しかけながら汗臭い身体を寄せてくる。

亜香里さんはできるだけ身体を遠ざけながらチラリと男の顔を見ると、そこまで車内は暑くないのに額にはびっしり玉の汗を浮かせている。浅黒い顔に浮かべたわざとらしい笑みに異様な白さの歯を覗かせ、軽薄な喋り方も相まって不快極まりなかった。

無視をし続けていたら男は話しかけてこなくなり、他の女性に話しかけていたという。

その数日後の学校帰り。

地元駅付近の駐輪場に電車で喋りかけてきた男がいた。

しかも自分の自転車のそばにいる。

男は何をするでもなく立っていたのだが、亜香里さんに気がつくと笑顔で手を振ってきた。

「この辺に住んでるんだ?」

「自転車出したいんで、どいてもらえますか」

「待ってよ、ちょっと話さない？」

「いや、いいです」

「なんで？　だめ？」

「どいてください」

男はなおも食い下がる。

「なんでよ？　話するくらいだめなの？　一分、一分でいいよ。人助けだと思ってさ」

今日は病院の検査結果を聞きに来たのだが、結果がかなり悪くてひどく落ち込んでいたのだという。

知ったことではない。同じ電車に乗っていたというだけで話したこともない男に、どうしてここまで付きまとわれなければならないのか。

「どいてください、迷惑です」

そうはっきり伝えてもこちらの話など聞く耳を持たず、亜香里さんの自転車の後ろから一歩も動かない。無理に自転車を出そうとすると、ぶつかってもいないくせに「痛い、痛いって」とわざとらしく弱々しい声をあげる。

「おれのこと遊び人かなんかだと思ってない？　いっとくけどそれ誤解だから」

顔が黒いのは内臓が悪いせいで、もう入院しても完治は無理だといわれている――およそ、そんな意味のことを回りくどく、かつ同情を誘うような言葉を選んで話す。口臭がたまらなくきつかった。ナンパにしてももっとやりようがあるだろう。

「俺、もうすぐ死ぬかもしんないしさあ」

男の手が腰に触れる。

さすがに我慢の限界だったという。

「しらねーよ、死ぬならさっさと死ねよ、ばーか」

絶句する男を突き飛ばし、自転車を出してその場を去った。

次の日からは違う駐輪場を利用するようにした。


それからもたびたび、通学の電車内で男の姿を見かけた。

乗る時間帯や車両を変えても、次の日には姿を見せた。朝でも席がスカスカなローカル線なので、すぐに見つけ出されてしまうのだ。

男の黒い顔にはあの軽薄な笑みはなく、サイボーグのような表情だった。

駐輪場でのことを逆恨みしているようだが、さすがに手を出してくることはなく、離れたところから視線を送ってくるだけにとどまっていた。

「それストーカーじゃん」

マジでいつか刺されるかもよ、と本気で友達に心配されて、さすがに怖くなった。

男のことを親に相談しようと思っていた矢先。

亜香里さんは死にかけた。


以前に使っていた駐輪場付近を友達と自転車で走っていると、坂道から猛スピードで下りてきた自転車に正面から激突された。

その衝撃で車道に投げ出され、地面に頭を打ちつけた亜香里さんは、朦朧《もうろう》とした意識の中、かすむ視界に人の集まってくる光景を見た。その様子から、自分の怪我はかなりひどいんだと思った。

え？

人だかりの中には、あの男の姿があった。

ただ、顔色がまったく違う。

浅黒かった顔は小麦粉をまぶしたように白かった。

そして、その顔色よりももっと歯が白くて、それが実に異様であった。

意識があるまま救急車に運ばれたが、その時にはもう男の姿はなかったという。

打ちどころが悪かったこともあり、怪我の完治までにかなりの時間がかかった。

亜香里さんは、事故はあの男が起こしたものだと信じている。

「本当に病気で死んじゃって、私を連れていこうとしたのか」

あるいは、はじめから自分を連れて行こうとしていた死神だったのかもしれないという。

「だって、あの時、歯が見えたってことは」

笑っていたってことでしょ。

くび、て、あし

二十年以上前のことである。

男子校に通っていた亮太郎さんは卒業までの三年間、彼女ができたことがなかった。同級生は皆、バイトやナンパで出会いを作って次々と彼女持ちになっていき、いよいよ友達周りでは自分だけが彼女ナシとなってしまった。

この際もう、おばさんくらい年上でもいい。

半ばヤケになっていた亮太郎さんは、学校帰りにラブホテル通りの裏にある、あまり柄のよくない飲み屋街を一人で歩いてみた。自分から声をかける勇気はないので、水商売の女性からの逆ナンを期待していたのである。

だが、そんなに甘くはない。時間が早かったこともあるが、飲み屋街を歩いているのは明るいうちから飲んだくれているおじさんや、どう見てもカタギではない人ばかり。

諦めて帰ろうと道を戻っていると、向こうから派手な女性が向かって来るのが見えた。

このあたりのお店で働いている人なのだろうか。モデル並みの長身で、胸元の開いた派手な色っぽいドレスを着ており、十メートルほど離れていても強い香水の香りがした。

足を悪くしているのか、片方を引きずるようにして歩いている。身体がガクンと傾くと、そのたびにウェーブのかかった髪が激しく乱れる。

顔は前髪がかかっていて見えないが、絶対に美人だという雰囲気を放っている。

咳払いなどして自分の存在をアピールしながら女性のほうへと歩み寄っていくが、向こうは亮太郎さんのことなどまったく目に入っていないようだった。

足をひきずる音が近くなる。

その音とともに、ぶつぶつとなにかをいう声も近づいてきた。

くび、て、あし、くび、て、あし、くび、て――。

女性は急に亮太郎さんのほうに足早に寄ってくると、正面からまともにぶつかった。

「いってぇー」

鼻を押さえながら、亮太郎さんは相手を見上げた。
そこには電信柱が立っていた。
振り返っても女性の姿はない。
ぶつかった瞬間に、女性は視界から消えてしまっていた。
数日後、飲み屋街付近の空き店舗内から、女性の遺体が発見された。
反社会勢力が関わっていると見られており、被害者は身体の一部を切断されていた。

たとえ無駄でも

「家で霊的なことが起こり、なんとか退散してもらいたくて必死に『南無妙法蓮華経』を唱えたら、『そんなもの唱えても効かないよ』と耳元で告げられる」という内容のたいへん有名な怪談がある。この本を読んでいる人なら一度は聞いたことがあるのではないだろうか。

この話と内容がとても似ている怪談を、私はこれまでにいくつか取材したことがある。たまたまなのだろうが、すべて関西方面の方からお聞きした話であり、もちろん細部は違っているのだが、「南無妙法蓮華経」を唱えると「そんなものは効かない」と霊から告げられる絶望的なラストは同じである。

これだけ怪談本が出ているので当然、類似する怪談というものは出てくる。また、テレビや本で紹介された怪談が伝聞で人々のあいだを巡るうちに「誰々の友達が実際に体験した話」ということになったのかもしれない。

その可能性も踏まえつつ、この先の話を読んでいただきたい。

私の遠い親戚である八十代女性の体験である。


仮にカツ子さんとさせていただく。

現在は漁港があることで有名な町に一人で暮らしている。

カツ子さんは週に一度、「自宅周辺のパトロールを強化してほしい」と警察に電話をする。

住んでいる地域がとくに治安が悪いというわけではない。

防犯意識が異常なほど高いのである。

常に自分の財産が狙われているような不安を持っており、少しでも家を留守にするのを恐れる。だから、必要なものがあればスーパーの宅配サービスを利用しているという。

日課は一日に何度も繰り返される戸締りのチェック。ノートに家中の窓の位置を書いておき、それを見ながら順番に見てまわる。
夜中、寝込みを襲おうという気を起こさせないため、就寝時は部屋以外の廊下や玄関などの電灯をつけたままにしておき、トイレや風呂場や台所といった各部屋には防犯ブザーを置いておくという徹底ぶりである。

ある晩のことである。
いつものように、就寝前の最後の戸締り確認をしていた。
ひと通り確認を終え、寝床のある居間に戻っていた時。
その異変に気づいた。
廊下の突き当りにあるトイレ付近の電灯が消えている。
先ほど見てまわった時は確かについていた。
それだけではない。
突き当りの壁にある窓が半分ほど開いているのである。
カツ子さんはゾッとした。

普段から開けることのない窓である。閉め忘れたということではない。大変だ、泥棒に入られたぞと、台所から護身用に包丁を持ち出し、すべての部屋を確認してまわった。

しかし、風呂場やトイレ、押し入れの中、テーブルの下までも見てみたが、荒らされたような跡も、人が入り込んでいたような痕跡も見つからなかった。

もう家から出ていってくれているのならいいが——。

なんにしても安心はできない。

開いていた窓を閉め、鍵をかけたことを何度も確認する。消えていた電灯をつけ直しただけでは足りず、トイレや風呂場など、普段は消しているような部屋の明かりもつけてまわった。そして、念のために孫からもらった防犯ブザーを持って床に入ったという。

眠ろうとしたわけではない。まだ家のどこかに、窓から入り込んだ犯人が身を隠している可能性もある。もしそうなら自分が寝たのを見計らって動き出すはずだ。

毛布の中、カツ子さんは防犯ブザーと包丁を震える手で握りしめ、わずかな物音でも聞き逃さないように神経を尖らせていた。

しばらく様子をうかがっていたが、物音や気配のようなものは感じない。
でも、まだ安心はできない。
もう一度、家中の窓や扉を確認しておこうと廊下へ出て、愕然とする。
トイレのあるほうの廊下が暗い。
窓も開いているのがうっすらと見える。
「だれ？　こっちは包丁持っててんねんで」
開いている窓に向かって震える声を投げかける。
なにも反応がない。
そっと奥へ歩いていくと電灯をつけ、包丁を構えながら窓を閉めて鍵をかける。
侵入者はまだ家の中にいるかもしれない。どこから飛び出してくるかもわからない。
警察に通報しなければ――。
包丁を前に突き出したまま、一歩、一歩と電話のある玄関へ向かった。
背中に涼しい風を感じる。
後ろが暗くなったのがわかった。

おそるおそる振り返ると、トイレ近くの電灯がまた消えている。突き当たりの窓も開いていた。

おかしい。

窓から自分の立っている場所まで、扉はトイレの一ヶ所のみ。

トイレの中は確認済みで、他に隠れられる場所なんてない。なのに侵入者はどうやって今、窓を開け、電灯を消し、姿を消したのだろう。

「ほんまにだれ？　あんた、生きとる人やないの？　あんたなんか知らんし！」

わき起こる恐怖心を振り払うように大きな声を出す。

反応がないので、大声を上げながら電灯をつけにいって窓を閉める。

「ほんまもうどっか行って！」

窓の方を向いたまま、カツ子さんはゆっくりと後退する。窓に背中を向けるのが嫌だったからだ。

すると、電灯がすっと消えた。

奥の暗がりに、白い煙のようなものが立ち昇るのが見える。

腕だった。

床の数十センチ上から、何かを掴みに行くように窓に向かって伸びていた。

「ひゃあ」

悲鳴をあげてその場に座り込んだカツ子さんは、這うようにして居間へと戻った。

毛布を頭からかぶってその中で手を合わせると、「南無妙法蓮華経、南無妙法蓮華経」と唱える。お願いです、帰ってください、お願いです、帰ってください、と。

かちん。

居間の電灯の紐を引く音がした。

毛布越しに室内が暗くなったのがわかる。

いやだぁ、いやだよぉ、南無妙法蓮華経、南無妙法蓮華経――。

なにかが、顔のそばまで寄ってきた気配がある。

「む」

耳元で男の声がした。

それから数十秒か一分ほどの長い沈黙があり、

「だ」

――むだ。

そう言われても、もう縋るものがないカツ子さんは、ただ一心に同じことを唱え続けることしかできなかった。

こんなおそろしい体験をしたのは、その一度だけだという。

夜の化粧

公美さんが小学五年生の頃に母が亡くなった。三十代後半という若さだった。その死の理由を、公美さんも妹もいまだに知らない。まわりの大人たちは気を遣ってなのか、教えてくれなかった。教えてもらっていたとしても、当時の自分たちにはわからなかっただろうという。

女手一つで二人の子を育てるため、朝から晩まで働き詰めだった母。きっと無理が祟ったのだと妹は言う。公美さんもそう思っていた。数年前までは。

〝ある晩の記憶〟を思い出したことにより、その考えは一変したという。

その頃は、夜に母がいないのは毎日のことだった。

午前一時から二時、母は送迎の車で帰宅する。久美さんはいつも、布団に入っても眠らずに帰りを待っていたのだが、その晩はなかなか母が帰らなかった。

心配になって何度も時計で時間を確認しているうちに眠ってしまい、はっと目覚めると隣の居間の電気がついていて母が帰っている。

布団の中からとりとめのない会話を交わすと、母は居間の明かりも消さずに公美さんの布団にもぞもぞと入ってきた。

今日のお母さんは変だなぁ、そう思いながら隣にいる母の顔を見ていた。

いつもは化粧を落としてから布団に入るのに、その日は落とさず、しかもいつもの化粧のしかたと違うのか、顔が真っ黒に見えた。

化粧について聞いた気もするが話したことは覚えていない。覚えているのは、母が入ってきたら布団の中で蒸されているように熱くなったこと。

そして、腕に触れる母の肌が、まるでカイロのように熱かったことである。

翌朝、母に昨晩のいろいろなことを尋ねると「久美はすやすや寝てたよ」と笑われた。

昨夜はいつもより早く帰宅し、顔もちゃんと洗ってから布団に入ったという。

「あら、それどうしたの」

ふと、気づいたように、母が公美さんの腕に触れる。手首のあたりが赤黒く変色している。触ると皮膚の表面が、ざらざらとして硬くなっている。

そこは昨晩、母の肌が触れていた箇所である。

「火傷かしら」と母はハンドクリームを塗ってくれた。そして、登校する公美さんたちを見送った後、自宅前で倒れているのを発見された。


母の死の理由が親族間でタブーとされていることを最近になって知った。別れた父と関係があるようなのだが誰も教えてくれない。

あの日、なぜ母は死んだのか――家のどこかにあるだろう死亡診断書を見つければすぐにわかることなのだが、探そうという気にはまだならないらしい。

嫌なことを知ってしまいそうな予感がしてならないのだという。

赤い汚れ

一度目は二十代前半の頃。

雄二さんが会社の寮への転居当日、それは起きた。

引っ越しは荷物もそれほどないので友人に車を出してもらい、交際していた彼女も手伝いに来てくれた。

雄二さんは心を弾ませていた。

この日から彼女との同棲生活がスタートするからである。

寮といっても一般的な賃貸マンションを会社が借り上げているワンルーム寮で、厳密なルールもなく、煩い管理人もいない。築五年ほどなのでどこもかしこも新しく、セキュリティもしっかりしている。そのうえ都心へも出やすい。安い賃料で最高の愛の巣を獲得できたわけである。

ところが、そんな浮かれ気分でいるところに水をさすような出来事があった。

到着して、荷物を運び入れるために先に鍵を開けていった。

すると室内の壁に二十センチほどの長さの赤い汚れを見つけたのである。

はじめはギョッとしたが、血ではない。塗料か蝋のようなものがついている。

前に見に来た時には見かけなかったものだ。あるいは見逃していたのか。

（きれいにリフォームしてあるっていってってこれかよ）いい加減なもんだな。ぼやきながらウェットティッシュで拭いた。

汚れは簡単に取れたという。


友人は車で待機し、荷物は雄二さんと彼女の二人で運んでいく。

雄二さんが運んで戻ると、次の荷物を抱えた彼女と途中ですれ違う。そうして二人で交互に運び入れていく。

何往復目かで彼女とすれ違わず、そのまま部屋の前に着く。

疲れて中で休んでいるのだろう。

「少し休憩しようか」

呼びかけながら玄関に入るが「あれ？」——彼女の姿がない。

入っていくと玄関からは位置的に見えないクローゼットの前で、彼女がうずくまって片足を押さえている。

「どうした、怪我でもした？」

彼女は苦しそうに顔を歪める。痛みで声が出ないようだ。

押さえている右足を見せてもらうと、足首周辺が少し腫れている。

だんだん腫れは大きくなっていき、彼女の額には脂汗がびっしり浮きだす。

「なにがあった？」

わからないと首を振る。

ぶつけたとか、ひねったということはなく、急に足が痛くなって動けなくなったのだと訴えた。

腫れ方がただ事ではないのですぐ病院へ連れて行くと、くるぶしの骨が砕けていると の診断を受け、約一カ月の入院を余儀なくされた。

甘い同棲生活が始まるはずが、残念なスタートとなってしまった。


二度目が起きたのは、それから約一年後。

この日は彼女と二人で小田原にあるペンションに泊まっていた。

目的は花火大会だったがあいにく天気予報がはずれ、夕方から猛烈な雨が降った。

花火大会は中止。大層がっかりしたが、その日の夕食に出た創作料理がとても美味しく、曇った気持ちにもだんだんと晴れ間が覗きだす。なにより、雄二さんにはもう一つ、とても大切な目的があった。

プロポーズである。

大輪の花火をバックに指輪を渡す予定だったが、予定は大きく狂ってしまった。

夕食を終え、部屋に戻る途中で「この後にキメよう」と考えていた。

部屋に入り、パタンと扉を閉める。

おそらく二人同時に同じ場所へ目がいった。

ベッド脇の壁に、赤い汚れがある。

二人はベッドに乗って、まじまじとその汚れを見つめる。

「こんなのあったたか？」

「ううん、なかったと思う」

ドン、と音がした。

「えっ」と見ると隣にいた彼女がいない。

ベッドの下でもそもそと動く影がある。背中を丸めてうずくまっている彼女である。

ベッドから落ちたのだ。

なにしてんだよ、と笑いながら覗き込むと、彼女は片手で顔を押さえている。

「大丈夫？　顔でも打った？」

顔を上げた彼女を見て、雄二さんは言葉を失った。

血だらけだった。

小鼻のところがバックリと割れている。

すぐにタクシーを呼んでもらい病院へ連れていった。

なぜベッドから落ちたのか、なにで鼻を切ったのか、彼女はわからないといった。

結局、プロポーズは当分お預けとなった。


その後、二人の交際は順調に続き、やがて入籍。雄二さんの実家近くにあるマンションへと転居した。

三度目は、ある日の夕食時に起きた。

どちらからだったか、こんな話になったのだという。

「そろそろ子供とか欲しくない？」

その瞬間、停電になった。

窓から入る外の明かりで完全には暗くはならなかった。

だから、奥さんが「んっ！」と顔を押さえたのがわかった。そして、「んんんっ」と唸りながらリビングを出ていき、そのまま洗面所に駆け込んだのもわかった。

「おい、大丈夫か」

様子を見に行こうと立ったところで明かりがついた。

洗面台は真っ赤だった。

数分前に食べていたサラダだろう、噛み砕いて血と混ざりあったキュウリやコーンが排水口に詰まっている。

奥さんは血色の唾液をだらだらと吐きながら、「ほっぺを噛んだ」と涙目で説明する。見せてもらうと、口の中はとんでもないことになっていた。

洗面所の壁には手についた血をなすりつけたような跡があり、まるで殺人現場のような光景にゾッとしたという。

病院に行くまでではないと本人がいうので、家にあるものでなんとか応急手当をし、飛び散っている血を拭きにいこうと洗面所へ行った。

「あれ」

壁にあったはずの、なすりつけたような赤い跡がなくなっていたという。

偶然が重なっただけかもしれないとした上で、雄二さんはこんな不安をこぼす。

「僕らが幸せそうな雰囲気になると壁が赤くなって、妻が大怪我をするっていう、そんな流れが続いているんです。僕たちもしかしたら、誰かに恨まれてるんですかね」

スイッチ

玲花さんの祖母はよく家の前で口喧嘩をしていた。

相手は三軒隣の中野さんというお婆さん。二人は昔から仲が悪かったらしく、喧嘩の理由は大抵が些細なことだったが、どんな小さな火種でも大喧嘩になった。

以前はよく近所の人や警官が仲裁に入っていたそうだが、次第に住人も慣れてしまったのか、誰も二人の間に入ってこなくなった。お婆ちゃんたちは元気だね、と微笑《ほほえ》ましく見ているところもあって、実際二人とも何時間も立ちっぱなしで機関銃のように喋っているので元気ではあった。

しかし、玲花さんは喧嘩をする二人を見るたびに心穏やかではなかった。

周りの人たちが思っているより実は深刻で、二人の関係はもっとドロドロとしていることを知っていたからだ。

祖母は家にいる時でも中野さんへの悪口が止まらなかった。中野さんの名前を繰り返しながら、いつも布の切れ端を針で突いていた。死んじまえばいいと、はっきり聞いたこともある。今思えば、あれは呪っていたんだろうという。


ある日、学校から帰ってくると二人はあいもかわらず罵り合っていた。

お婆さんたちの投げ合う罵詈雑言《ばりぞうごん》も金切り声も耳に入れたくない。素通りして家に入ると、まもなく祖母が勝ち誇った様子で帰ってきた。

今日は相手にトドメを刺してやったんだと、笑みを浮かべる。

二人がやるのはあくまで口喧嘩である。暴力をふるい合うわけではないと知っていたが、祖母の口ぶりと表情には不安を覚えずにはおれなかった。

それから数日後、中野さんの訃報を祖母の口から聞かされた。

喧嘩相手とはいえ、毎日のように顔を突き合わせていたのだ。

少しは寂しがるかと思えば、まったくそうではなかった。

「あの女、私のひと言にこたえて自殺したんだよ」

ゲラゲラと笑いだしたので、嫌悪を通り越して祖母のことが怖くなった。

そんな祖母も中野さんがいなくなって気が抜けてしまったのか、日がな一日、座ってボーッとしていることが多くなった。足がおぼつかなくなり、何もないところで転倒することも増えた。

中野さんが亡くなってから、まだひと月も経っていないうちに、祖母は自宅の階段から転落し、背中と腰を痛めて、それから寝たきりとなった。

ある時、玲花さんと母親を呼んで、弱々しい声でこんなことを話したという。

「中野のババアが仕返しに来やがって、私に信じられんことを言ってきやがった」

その〝ひと言〟を聞いて、祖母はすぐに階段の上から飛び下りたのだという。

「死んでやろうと思ったのに死に切れなかった」

悔しそうに言うと意識を失い、数日後に息を引き取った。

二人とも相手にどんな〝ひと言〟を伝え、なんのスイッチを押したのか。
もう誰にもわからないという。

息子のうそ

久雄さんの息子は幼少の頃、不思議なものを見ていたらしい。

「うわー、おおきいにんげんいるよ」

そういって窓を指すようになったのは三歳の頃である。

はじめは大人のことをいっているのだと思っていたが、どうもそうではない。指をさしているのが隣の介護施設の屋根のあたりなのである。

その後の様々な発言や行動から総合してみると、建物より大きな背丈の人のことを息子はいっている。

巨人である。

そのように見間違えそうなものもない。

やっとその日が来たか、久雄さんと妻は顔を見合わせる。

これは、息子が初めてつく嘘だ。

息子が生まれる前、我が子がいちばんはじめにつく嘘はなんだろうと予想し合ったことがある。さすがに巨人だとは思わなかった。

「大きい人がお外にいるの？　あれー、見えないなあ、どこかな？」

と、妻が窓を覗き込む。

息子は介護施設の上を見つめている。

「まだいる？　こわい人かな？　それとも優しい人？」

「わかんない」と息子は答え、こう続ける。「でもね、ヒゲがぼわっぼわで、手にいっぱいいっぱい血がついてて、それはこわい」

手が血まみれの髭《ひげ》モジャな大男。想像するとかなり怖いが、これを息子が考えたのだと思うとなんだかおもしろくなってくる。あどけない嘘が生み出したものだと思えば愛おしい。もちろん否定するはずもなく。

「あ、その大きい人ならパパも知ってるよ」

「そういえばママは話したことある。手は洗ってほしいね」

あたかも自分たちも見たことがあるかのように振舞う。

しかし、両親の嘘に息子はまったく乗ってはこず、窓際に立って《おおきいにんげん》をぼんやりと見つめ続けていた。


あくる日の日曜の朝。

自宅でのんびりしていると、ドォーンとすさまじい音が聞こえた。

続いて、ズズズッと地響きを感じ、空がごろごろと唸りだす。

「こわい雷さんがきたぞぉ、逃げろー」

久雄さんは息子を抱えると窓から離した。

ドォーン、ズズズ。

ドォォーン、ズズズズ。

空《うえ》に大きな雷雲があるのだろう。立て続けに轟いて久雄さん一家を脅かしてくる。

そんな中で息子はケタケタと笑いだし「オーキイニンゲンがきた！」と興奮している。久雄さんの腕を振りほどいて何度も窓のそばへ行こうとするので、すぐに捕まえて「危ないぞ」と叱ると、今度は窓から離れた場所で巨人がノッシノッシと歩いているような動きをして見せた。

そこに「どーん、どーん」と自分で効果音までつけている。

息子は雷の音を巨人の足音だといいたいのだ。

雷の音を利用し、自分の嘘に真実味を与えようとしている、そう考えるとあまり可愛い嘘ではなくなってしまう。

そこまで、上手に嘘はつかなくていいのだ。

洗った洗濯物を持って妻がリビングに入ってくる。巨人の足踏みをする息子を見ると「なんの遊び？」と笑う。

「たぶんこのあと雨だから、洗濯物は中に乾《ほ》したほうがいいよ」

久雄さんの言葉に、なに言ってんのよと呆れた顔で妻は窓を開けた。

快晴であった。

抜けるような青空で、あやしい雲など欠片《かけら》もない。ネットでも雷の情報を見つけられなかった。

轟音《ごうおん》も地響きも、妻はまったく感じていなかったという。

ミテル

白骨遺体が見つかったという家は、弓恵さんの自宅からそれほど離れていない場所にある。

元々は立派な邸宅だったのだろうが、玄関の扉以外は文字に埋め尽くされているという耳なし芳一状態。だが、そこに書かれているのは般若心経ではなく、自分の家がどんな不当な扱いを受け、どんな謀略に巻き込まれているかを詳細にした記録である。

文面からは家主の並々ならぬ怒りの感情が伝わってくるのだが、いったい誰に対しての怒りなのか、おそらく全文を読んだくらいでは理解できない。

どうやらその家を「敵対視している輩《やから》」なるものが存在するらしく、その者らへ向けての強い警告の言葉なども見られるのだが、総じて内容が不可解であった。

また、ある時期から敷地内のあちこちに下がりだした、様々な形をした複数の白い布きれも不気味であった。いずれも肌着を切り広げたもので、そこにマジックで『見てる』と書かれていた。

『カメラにとりました』と書いた紙がドアに貼られたこともある。別紙には、過去にどんな映像が撮れたのか、またそこに映っていた『敵』がどんなに悪辣《あくらつ》な存在であるかを事細やかに説明していた。ただ、肝心な『敵』の正体については漠然としており、また、屋外には監視カメラらしきものも見当たらなかった。

この家には高齢の男性が一人で住んでおり、弓恵さんの知る限りでは近所付き合いはなく、スーパーやコンビニでも見かけたことがない。いったいどんな生活をしているのかと住民たちは不思議がっていたそうだ。

ある日の早朝。件の家周辺が騒然となった。

異臭がするという住民からの通報が警察へいったのである。

邸宅内からは一体の白骨遺体が見つかり、後に家主の男性であることが確認される。

この一件から、同町内に年の離れた妹が住んでいたことがわかった。

その妹と長年の交流があるという方と、弓恵さんは仕事の関係で会う機会があった。

この時に「直接本人から聞いたこと」として、次のような話を聞いたという。

発見された遺体は、死後からだいぶ時間が経っていた。そのため、正確な死因はわからなかったが、事件性をにおわすような不審な点はとくに見つからなかった。

ただ、別の意味で不可解な点は残っていた。

家主の男性は浴室で見つかっている。

内側から鍵がかけられており、中には寝具、食器、漫画雑誌といった「生活をしていた痕跡」があったのだという。

家屋内は荒れているということもなく、一人で暮らすには充分な生活空間が保たれていた。なのになぜ、わざわざ狭い浴室に閉じ籠って暮らしていたのかがわからない。

また、浴室内からは妹宛の封筒が見つかっているのだが、『ユーレイだ　みてるぞみてるぞ　ヒュードロロ』と俳句めいたものを書いた紙片が入っているだけであった。

兄はいったいなにに怯えていたのか。
兄妹でも気持ちが悪い、そうぼやいていたらしい。

閉まらずの四階

数年前まで木佐さんは某カラオケチェーン店でアルバイトをしていた。

ビルの一階から五階までが同カラオケ店なのだが、平日の深夜は客足がぐんと減るので四階と五階を閉めてしまう。

フロアの全室の照明を切り、機器の電源を落とし、ドアを閉める。その後は一時間に一度、見回りをする。これをしないと、たまに外階段から酔った人が上がってきて、トイレを勝手に利用してしまう。間違えて入ってきて、そのまま部屋の椅子で寝ていたこともある。

なので、とても重要な仕事なのだが、皆渋ってやりたがらない。

四階の、ある一室に問題があるからだ。

そこは何度見に行っても消したはずの照明がついており、ドアが開いているのである。それ以外にはこれといった問題は起きないのだが、やはり原因がわからないので薄気味が悪い。照明の異常だけなら機器の不具合ということにできるが、ドアの異変もセットとなるとそうもいかないのだという。

ある春先の晩、木佐さんが見回りに行くと、また例の部屋のドアが開いており、照明がついている。

ここまで当たり前のように起こると、店員の誰かのイタズラのような気もしてくる。あるいは、面倒な見回りをサボらせないためにやっているとか——。

そんなことを考えながら照明を消すために部屋へ入る。

——焦げ臭い。

客が煙草でも落としたかな。

テーブルの下、椅子や機材の後ろ、コンセントなども確認するが問題はない。

いったん部屋を出ると、廊下でもにおいがする気がする。

他の店員に伝えて確認してもらうと確かに焦げ臭いということになり、会計に一人を残して他のスタッフ全員で四階フロアを調べた。

念のために五階の全室、一階から三階の使用していない部屋も調べたが、問題は見つからず、依然として臭いの原因がわからない。

再度、四階を皆で調べ直した。

「ここ、やけに暑くなってないか？」

報告に集まった店員たちは皆、汗だくで髪も衣服もぐっしょりと濡れている。

木佐さんも同様であった。そこまで走り回ったわけでもないのに、汗が雨のように足元に降り注ぐ。

しかし、室温の異変は四階フロアのみであり、利用客からの苦情はなかった。

こうして原因がわからぬまま、閉店時間を迎えた。

最終の見回りに行くと四階は、何事もなかったように平常の室温に戻っていたという。

そのビルはカラオケ店が入る前に二度の火事を出している。

死者も出ているそうだが、何名が犠牲となり、どの階で亡くなったかという情報までは確認していないという。

この店は現在も営業を続けているとのことだ。

乗降

知人に極度の怖がりが何人かいるが、中でも森下さんはかなりのレベルである。

物音に敏感なタイプで電話やインターホンの呼び出し音といった、予期せぬタイミングで鳴る音を苦手とする。だからホラー映画は絶対に見ないそうだ。

そんな彼が、大学生時代に体験したことである。


その日は友達とバイクでツーリングを楽しんでいた。

日も暮れてそろそろ地元へ戻ろうかという頃、とある峠にあるトンネルの手前で森下さんのバイクが動かなくなってしまった。

森下さんは機械に弱く、こういう時の応急処置ができない。頼みの綱の友達は先を走っていたので気づかずにそのまま行ってしまった。

すぐに気づいて戻ってきてくれるだろう。

ところが、五分経っても十分経っても戻ってこない。

——あいつどこまで気がつかないんだよ。

当時はポケベル全盛期。電話ボックスもない峠では連絡する手段もない。仕方なくバイクを端に移動させ、友達が戻ってくるまでエンストの原因を調べていた。


夕闇が迫る峠に、ゆっくり外灯が灯っていく。

素人がいじったところでエンジンはうんともすんとも言わない。三十分経っても戻ってこない友達に苛立ちがつのっていく。

バイクは押していって少しでも峠を下りはじめよう、そう決めて立ち上がった時。

バンッ。

森下さんはビクンと肩を震わす。

視線を移すと、峠を数十メートル上がった先のカーブ手前で黄色いタクシーがこちらに頭を向けて停まっている。今のはドアの閉まる音だ。

乗ったか降りたかまでは見えなかったが、どちらにしてもこんな峠の真ん中に、いったい何の用があるのだろう。

怖がりな彼は、すぐに嫌な想像をする。

自殺じゃないよな……。

そんな人とこんな寂しい峠で二人きりになったらと思うとぞっとする。

しばらく様子を見ていたが、タクシーから降りていった人の姿は見えない。

ああ、なら乗ったんだな。

ホッとし、バイクのハンドルに手をかける。

バンッ。

再びビクンとなる。

タクシーはまだ同じところにいる。

なにが——というわけではないが妙に気になる。

すると後部座席のドアがゆっくり開くのが見えた。

数秒後、バンッと音を立てて閉まる。

そしてまた、ゆっくり開く。

バンッ。閉まる。

これを何度も繰り返している。

さっきからなにをしているんだろう。

開けたり閉めたりをずっと繰り返しているだけで車は動く素振りもない。開閉の間隔はだんだんと短くなっていく。

バンッ……バンッ……バンッ、バンッ、バンッ、バンッ――。

怖い。でも、なにをしているのか気になる。

いつもの森下さんなら関わりを持たないように見なかったことにするのだが、この時はなぜか珍しく好奇心が勝った。勇気を出して少し近づいてみることにしたのだ。

もちろん、確認をするだけだ。なにかあったらすぐに逃げ出すつもりだった。

こうしているあいだにもドアの開閉音は鳴り続けている。

そろそろと車のほうへ二十メートルほど近づくと、フロントガラス越しに二つの人影が見える。

一つはドライバーだろうが、もう一つは奥のほうなので乗客だろう。もめているのか？　それにしたってドアの開け閉めはおかしい。

一瞬、目を疑った。

運転手ではないほうの影が、すっと見えなくなったのだ。

バンッ。開いていたドアが閉まる。

するとまた、ゆっくり開く。

すっと、人影が現れる。

バンッ。

閉じたドアが、ゆっくり開く。

すっと人影が消える。

バンッ。

ドアの開け閉めのタイミングで、人影は消えたり現れたりをする。まるで乗り降りを繰り返しているようだ。

ドライバーの影は微動だにしない。

急に震えが止まらなくなり、逃げることも目をそらすこともできない森下さんの耳にバイクのアクセル音が聞こえてきた。友達が戻ってきたのだ。

「わりい、ぜんぜん気がつかなかったわあ」

友達にバイクを見てもらっているあいだ、タクシーは森下さんたちの横を静かに通り過ぎていった。

乗客は乗っていなかった。

トンネルに吸い込まれていく赤いライトを見つめながら、この後のタクシードライバーの身を案じたという。

怖がりなダンナさん

リオさんの旦那さんは長距離トラックの運転手である。黙っていれば人が避けて通るほどの強面なのだが、実はかなりの怖がりなのだという。

そのくせ怪談話が大好物で、トラックには数冊の怪談本が常備されている。おかげで自宅にはその手の本ばかりが増えていくそうで、本棚の画像を見せてもらうと私もよく知る怪談作家の名前も多数あった。

旦那さんは幽霊を完全に信じているという。

「しかも、よく視る人で」

これはそんな旦那さんが一番怖がっていたという体験である。

その日は明け方の四時頃に配送先の工場に着いた。

夜勤の社員がリフトで荷下ろしを始めたので今のうちに食事をとっておこうと工場を出たが、半年前にはあったはずのコンビニが潰れてなくなっている。時間が時間なので開いている飲食店などもなく、徒歩なのであまり遠くにも出たくない。

食事を諦めて戻っていると、ふと思い出す。そういえば以前、この近くにある心霊スポットに行ったことがある。心霊系の本で見かけて、たまに行く配送先の工場の近くだと知り、配送のついでに寄ってみたのだ。

そこはかなり古くからあったような小さい神社で、裏にはバナナが生りそうな木がたくさん生えていた。その林の中に何かが出るという話だったが、結局、なにとも出遭うことなく帰った。

怪異はなかったが、かなり雰囲気のあるところだったと記憶していた。

このまま戻っても、まだ荷下ろしは終わっていないからトラックで寝るぐらいしかすることがない。せっかくだからと、その神社に再び寄ってみることにした。

神社は以前に来た時よりも廃れていた。枯れ葉が絨毯のように溜まっていることから、地元の人たちがなにもしていないことがわかる。

賽銭《さいせん》を投げて手を合わせ、心霊スポットである裏の林へ入る――そこまではよかったのだが、林に入って五分も経たずに、あることに気がついて一歩も進めなくなってしまった。


ここがどこなのか、わからないのだ。

それまではなんの疑いもなく、記憶を頼りに歩みを進めていた。

だが急に、目にしているのが見たことのない光景であると気づいた。

しばらく来ないうちに様変わりをしていたというレベルではない。

見たことも来たこともない、初めて訪れる場所だったのだ。

では、以前に来たという記憶はなんなのか。

本で読んで行った気になっていたのか。それにしては、まだ夜も明け切れていない薄暗い中、迷うことなくすんなりと辿り着くことができた。

初めて行く場所へ、地図も見ずにたどり着けることなどあるだろうか。

途端に怖くなって引き返そうとしたが、どういうわけか林の中から出られない。

そこまで奥へ入り込んではいないはずだし、迷うほど広い林にも見えなかった。

この状況下でなぜか、先ほどから一人の女性の顔が脳裏に浮かんで消えない。

数年前に交際していた、あまり良い別れ方をしなかった相手である。メンタルが弱く、自傷癖のある女性であった。

なぜ、このタイミングで彼女のことを思い出すのか。

なんだか、嫌な予感がしてならない。

他のことを考えようとしても、その女性の顔ばかりが浮かんで邪魔をする。

まさか。

死んだのでは。

一度考えてしまったら、もう、そうだとしか思えなくなる。

このまま、この林から出られなくなるような、そんな気がして、必死になって出られる場所を探し、そしてなんとか林を抜けて神社へ出ることができた。それからは一度も振り返ることなく工場まで走って戻ったのだという。

「旦那は結局、幽霊は視なかったみたいなんで、まあ話としては黒さん的には期待はずれかもですけど、よほど怖かったみたいで、ほら」

携帯電話の画面を私に見せる。

真っ赤な顔を歪ませ、滝のように口から涎を垂らす男性のバストショットだ。

「大号泣してる旦那です。帰ってくるなり、こんなふうに赤ちゃんみたいに泣きだして、大人がここまで泣くことってないでしょフツー。レアなんで記念に撮っちゃいました」

その鬼気迫る表情を見て思った。旦那さんはリオさんに、まだ報告していないことがあったのではないか。

次回、本書の感想とともにうかがうことができればと思っている。

すごい人

先日、知人の女性からこんな誘いを受けた。

「霊能者いうんかな、なんでも見えるすごい人おんねんて。史郎くん、どう?」

彼女はエステティシャンという仕事柄、芸能人やモデル、スタイリストといった知り合いが多い。その繋がりでこの「すごい人」を紹介してもらえそうだから見てもらったらどうかというのである。

彼女の顧客にも見てもらっている人が何人かいて、概ね評判はいいらしい。本当は予約が半年待ちだが、知り合いに頼めば早めに入れてもらえるとのこと。

このようなお誘いは物書きなら絶対に飛びつくべきである。とくに私みたいなジャンルの作家は絶対に体験しておいたほうがいい。

しかし、最終的に私の出した回答は「ノー」であった。

理由は彼女が顧客から聞いたという、次のような話を聞かされたからである。


この「すごい人」に見てもらったという女性の体験である。

彼女はマンションに引っ越したばかりであった。とても満足のいく部屋であったが、それから急激に食欲が減退し、どうも体調が優れない。また、怪我や盗難、身内の不幸といった悪いことが立て続けに起こった。

もしかしたら引っ越した場所に原因があるのではないか。心配になって同僚に相談をしたところ「すごい人おんで。紹介しよか?」と懐から紫色の名刺を出して渡してきた。

「めっちゃ見える人やで。予約いれとこか?」

「えー、どんな人?」

某タワーマンションに住む、見た目は普通のおばさん。各界の著名人を顧客に持ち、ネットには一切情報を載せていない——と、この時点ですでにただものではない。

いかがわしくも思ったが、見料がおもいのほかリーズナブルだったので、ものはためしと一度だけ見てもらうことにした。

見た目は本当に普通のおばさんだった。

「あなたの家、あなた以外にも誰かいるね」

自己紹介も質問もなく、第一声がそれである。

返答にまごついていると「家のことを聞きに来たんじゃないの?」と不機嫌になったので、慌てて「一人暮らしなので誰もいません」と否定した。

しかし、受け入れてもらえない。そんなはずはない。家に誰かいるはずだ。あなたの家の様子が見えているんだから間違いない、と。

「でもほんとにいないんで」

「人でなければ、人の形をしたものがいるはず」

それって幽霊とかですかと聞くと「ふざけないで」と怒られる。

「あなた私をなんだと思ってるの」

霊が悪くて怖いものであるという印象があるのは、なにも知らないくせにテレビでウソハッタリを語る馬鹿どもがいるからだ。そういう霊を食い物にする輩と一緒にするなというのだ。

この手の仕事をする人たちには、霊という言葉に敏感な人が多いということを彼女は知らなかった。

「――白い部屋が見える。ここはリビングか。入ってすぐのところに、それはいる。そこに人形は？」

人形なんて飾る趣味はないと、ぶっきらぼうに答える。

この時点ですでに嫌気がさしていた。なんで急に怒られなければならないのか、まったく意味がわからない。こっちが違うといっても否定されて、自分の意見を無理に通そうとするし、好き放題言われるだけなら見てもらう意味がない。どうも聞いていたようなすごい人ではなく、インチキな気がしてきた。これは金と時間を無駄にしたかもしれない。

一度そう思い始めると、なにを聞いても嘘に聞こえる。言葉遣いも自然に雑になってくる。

「先生、その人って私に悪い存在？」

「最近あなた、いろいろだめなんじゃない？」

「だめだから来たんですけど。どうしたらいいですか？」

「その人は浅草に帰りたいって言ってるね」

「浅草？　あまり行ったことないですけど、なんで？」

「こちらから聞くことはできないから、わかるわけがない」

「はあ？　困ってるんで、その人なんとかできません？」

「できるけど、本当に人はいないんだよね？」

なぜか、生きている人は家の中にいないかと何度も念を押してくる。

「ちゃんと思い出して。生きている人がいたら大変なことになる」

「だから、一人暮らしっていってるでしょ、ていうか、ほんとになにかできるの？」

「どういう意味？」

「インチキくさいっていってるの」

「――もうやっといたよ」

料金分のことはやったからと早々に切り上げられる。

そして帰り際、あなたはとても不快な客だったよと言われた。


憤懣やるかたない気分で帰宅した女性はしばらく荒れていたが、やがて落ち着いてくると「本当に人の形の物がないか」と気になりだした。

リビングを入ってすぐのところには木製のシェルフがある。人の形をしたものは置いていない。が、ひきだしを開けて「あっ」と声を上げる。

小さなキューピー人形が入っている。

思い出した――以前、初めて入ったバーの店主に、店内に飾ってある好きなものを持っていっていいと言われ、適当に選んで持ち帰ったものだった。

ひきだしの中には物がほとんどなく、人形を圧迫するものなどない。なのに人形の顔は指で押し潰したようにへこんでおり、両腕が不自然にねじれていた。

生きている人がいないかと何度も聞かれたのはそういうことだったのだ。

怒らせてしまったことをひどく後悔した彼女は、紹介者を通じてすぐに謝罪したそうだが、それに対する応答は今のところない。

それ以来、自宅にいると背中に強い視線を感じる時がある。帰宅すると鏡やコップが割れていることがある。

謝罪を受け入れてもらえるまで、彼女は今も落ち着かない日々を送っている。


——と、このような話を聞かされたのだ。

私は自信がなかった。先生から見れば私も「霊を食い物にする輩」なのではないか。

もしその怒りに触れてしまえば、キューピー人形の二の舞、ということもある。

これが「ノー」の理由である。

万に一つもないとは思うが。

本稿が「すごい人」の目に入ることがないよう祈るばかりである。

母が指す

優莉さんの家に仏壇はない。

自宅は1DKのマンション。日々育っていく小学生の三人の息子たち。

ただでさえ手狭なのに仏壇を置く余裕はなかった。それに予算も。

そこで、もともとDVDを入れていたカラーボックスを再利用し、そこを亡き母の居場所とした。母に申し訳ないなという気持ちもあったが、子供のころは祖父母の家のお仏壇のある部屋が怖くて近寄らなかったという記憶もあり、母の居場所が息子たちにとってそうはならないでほしいという気持ちもわずかながらにあった。

やってみるもので、息子たちは毎日、母に語り掛けてくれるようになった。

これなら母も寂しくないなと思った。

しかし、問題ができた。

ある頃から毎日、位牌《いはい》が倒れるようになったのだ。

家が傾いているのかボックスが歪んでいるのかわからないので、下に転倒防止プレートを噛ませるなどしてみたが、それでも倒れてしまう。

しかも、なぜか決まって家族が就寝中に倒れているので、朝起きて母の位牌を起こすことが日課のようになっていた。


ある時、小学四年生の三男がこんなことを言い出した。

「いつもオレのとこ向いてねぇ？」

母の位牌が自分に向いて倒れているので怖いという。

そう言われると確かに、いつも同じほうへ向いている。位牌の形からして正面に倒れるほうが自然に思えるが、三男の寝ている窓側のほうを向いて倒れているのが常だった。

でもそれは別に三男に向いているのではなく、倒れる方に三男が寝ていたというだけの話だ。

こう説明すると三男は、じゃあ今日は反対側の端で寝たいといって、長男の寝場所を指さす。さすがは六年生、「ほんとに怖がりだよな」と笑って余裕を見せ、別に好きにしろよと寝場所を交換してあげた。

ところが、朝になると母の位牌は、またもや三男のほうに向いて倒れている。

今度は真ん中にしてみなさいと寝かせると、位牌はしっかり真ん中を向いて倒れていた。

「おれ、こえーよ。呪われてるのかな」

三男が本気で怯えだしたので頭をゴツンとしておいた。

「おばあちゃんが呪いなんて、そんな悪いことするわけないでしょ。あんたたちのこと、あんなにかわいがってくれたのに」

母を悪霊みたいに言われ、相手が息子でもカチンときてしまった。

とはいえ、三男が怯えるのもわからないでもない。昔の自分だって仏壇をお化けの住処のように思っているところがあった。そこに大事な人の大事なものがあるという認識はゼロだったのだ。

母の位牌は、いつ倒れているのだろう。

真夜中なのか、明け方なのか、それとも決まってはいないのか。

位牌の倒れる時間を知っておくことが、なにかのヒントとなるかもしれない。

毎日、大きなトラックが家の前を通って地面を揺らしているのかもしれないし、本当に母からのなんらかのメッセージなのかもしれない。

電気を消し、子供たちにおやすみをいうと、暗闇の中で目を開けて、その時が来るのをじっと待っていた。


ぱたん。


ハッと目が覚めた。

どうやら、眠ってしまったらしい。

かすむ目をこすりながら、時刻を確認しようと頭を起こす。

――息をのんだ。

いる。

カラーボックスの前で、母の位牌のほうを向いて立っている人が。

しかも、二人いる。

すぐにわかった。長男と次男だ。

「あんたたちなにしてるの！」

二人は同時にガクンと膝を折って、そのまま仰向けに倒れた。

そして、どちらもいびきをかきはじめる。

いたずらがバレて寝たふりをしたのだ――いや、母の位牌を使って三男を追い詰めるような行為は、もはやいたずらではない。

長男と次男の胸ぐらをつかんで引き起こし、狸寝入りしてんじゃねぇと怒鳴った。

それからは泣きじゃくって無実を訴える長男と次男を掴んで投げてビンタして、なぜかそれを見ている三男までもが泣いてしまい、結果、優莉さんも泣いて、家族全員、泣き腫らした目で朝を迎えた。

後日、やっぱり納得がいかないと長男が優莉さんに抗議してきた。

そこでとことん話し合った結果、次男も長男もあの晩のことは本当に覚えていないということがわかった。証拠があるわけではなかったが、あんなに真剣な表情は嘘では作れないだろう。

ただ、あの晩以来、母の位牌が倒れなくなったのも事実である。

とりあえず終息はしたのだが、なにも解決はしていない。

二人同時に夢遊病なんてありえるものだろうか。あれがもし、なんらかの不思議な現象であるのなら、二人にいったいなにが起きていたのか。

そして、なぜ三男なのか。

今は、自分が母の位牌を倒す日も来るのではないかと恐れているという。

虫の音

ある年の秋口のこと。

夕食後の団欒中、雪菜さんは虫の音を聞いた。

珍しい音色。初めて耳にする音だ。

「ねえ、これ、なんて虫？」

父に訊ねると「お、どこにいる？」と立ち上がって読んでいた新聞を筒状に丸め、天井に視線を巡らせる。

「いやいや、そうじゃなくて。聞こえるでしょ、ほら」

なにいってんだと笑われる。

「外の野良だろ」

あれ、ふざけているのかな。

「ふえーん、お父さんがイジワルして教えてくんないんだけど」

母も姉も不思議そうな目で雪菜さんを見る。

「いやぁ……猫でしょ」

「だいじょうぶぅ？　熱あるんじゃない？」

笑いながら母が手を伸ばしてきたのでサッとよける。

絶対変だ、と雪菜さんは家族に異変を感じていた。

みんな、本気でこれが猫の声だと思っている？

「こわいこわい、え？　なにこれ、ふざけてるならもうやめてよ」

父も母も姉も笑うのをやめて、心配そうな視線を向けてくる。

自分の耳がおかしいのか。本当は猫の声だったのか。

もうわからなくなってきた。

そうだ。もっと近くで聞けば、はっきりするかもしれない。

「ちょっとごめん、確認してくる」

外へ出てみたが、音は自宅のガレージから聞こえている。
父が帰ってきた時に虫も一緒に入ってきたのだ。
ガレージに入ると虫の音がひと際大きくなった。音は車の下から聞こえていた。
そっと屈みこんで車の下を覗きこむ。
ぴた、と虫の音が止んだ。
なにもいない。
もう、不思議な虫の音は聞こえることはなかった。
それよりも。
雪菜さんは父がなにかを轢かなかったか心配になったという。

じゅるるるるる

「今でもあの音は耳に残って離れませんね」

マリアさんはアイリストをされている。まつ毛のケアなどをする人のことである。

これは彼女が勤めている店で昨年に起きたことだという。

初めて来店する女性だった。仮に夢子とする。
夜の仕事をしているのか、ファーのついた派手なドレスを着て化粧も派手だったが、
髪がパサパサで縁の下から出てきたように埃がたくさん絡まっていた。その髪が彼女を
年齢不詳にしていた。
入店時に入り口でヒールの踵が折れて派手に転倒するという、強烈な登場の仕方を披

露した彼女の担当はマリアさんになった。

コース内容の説明をしているあいだ、夢子は生返事をしながら店内をキョロキョロ見て、たまに「あっ」と一点を見つめたまま固まる。

なにかが見えているようだが触れてはならないような気がし、また聞く勇気もない。

すると、「すいません」といきなりマリアさんに謝った。

昨日、一緒に働いている店の子たちと○○という場所に行って○○を見に行ったのだが、一緒に行ってた子たちがふざけすぎて自分がいちばん大変な目に遭った。だから今日はあなたに迷惑をかけてしまうかもしれないから今のうちに謝っておく、というようなことを早口でまくしたてる。
○○の部分はまったく知らない場所や言葉だったので頭に入ってこなかったが、彼女が心霊スポットみたいなところにみんなで行って、そこで誰かが罰当たりなことをしたせいで彼女が祟りに遭ったということは理解できた。
なにはともあれ、会話は通じるようなので安堵し、まつ毛エクステの施術に入った。

始まってまもなく、夢子は小さいいびきをかいて眠り始めた。

施術中に眠る人は多いそうだが、彼女は喋っている途中で急に電池が切れたように言葉が止まったので、一瞬本気で死んでしまったのかと凍りついたという。

マリアさん的には面倒な会話がなくて喜ばしいかぎりだが、施術開始から三十分ほど経ったころ、じゅるるるるる、と異様な音がしだした。

突然、夢子が黄色い泡をぶくぶく吹き出したのだ。

マリアさんだけでなく、他の店員もそれを見て悲鳴を上げた。

ハッと目覚めた夢子は、じゅるるるると泡を吸い込んで、慌てた様子で口の周りを腕で拭い、すいません、すいません、と頭を下げる。そして、施術途中にもかかわらず立ち上がると、謝りながら自分の荷物を受け取り、きちんと料金を支払ってから店を出て行った。

「いったい、なにをすればあんな祟られ方をするんですかね」

夢子が行ったという○○がわかれば、それも判明するかもしれないと私が伝えると、もしまた来店することがあれば詳しい話を聞いておくと約束をしてくれた。

「でも、もう来ないと思いますけどね」

なんとなくもう亡くなっている気がするのだという。

レストランのベッド

二十年前、修一郎さんは四年間勤めたホテルを逃げるようにして辞めた。社員を人として扱わないひどい職場に嫌気がさしたからだった。

同じ理由で厨房のチーフだった先輩も一緒に辞めた。修一郎さんはこの先輩を大変慕っており、辞めてからもよく二人で飲みに行き、仕事や恋愛の相談に乗ってもらっていた。

修一郎さんはなかなか定職に就くことができなかった。一方、先輩は知人の紹介で横浜の中華レストランで働くことが決まり、だんだんと会える機会が減っていった。それでも連絡は取りあっていたのだが、ある時期から急に先輩からの連絡が来なくなった。

ひと月、ふた月と連絡が取れないので、働いていたレストランを訪ねると、先輩は亡くなったのだと告げられた。バイク事故だという。

まさか、本当にそんなことになるなんて――。

この唐突の死を、修一郎さんは先輩本人から知らされていた。

あの日に。


まだホテル勤めの頃である。

その日は朝から先輩と二人で、とある山中にある元・洋食レストランの廃墟に向かっていた。

「かなりヤバい場所だぞ」

朝から何度も脅かしてくるので、どんなにおどろおどろしいところへ連れて行かれるのかと思いきや、外観は廃墟というほど廃れてはおらず、まだまだ現役で頑張れそうなレストランだった。

裏には物置を巨大にしたような建物がぴったりくっついており、よほどそっちのほうが外観は廃墟っぽかった。レストランはこの建物に併設されていたらしく、元々は何らかのミュージアムであった可能性もあるという。

入り口は施錠されているわけでもなく普通に入ることができた。

内部はこれといった特徴のないレストランだが、なぜか中央にシングルベッドが置かれている。

社員の仮眠用に置かれていたものか、誰かに持ち込まれたものなのか。まるで、そういうディスプレイであるかのように、テーブルの並びの中にしれっと混じっていた。

先輩は埃《ほこり》をはたきもせずベッドに寝そべると、それまでべらべら喋っていたのに急に黙ってしまった。

先輩？　何度も呼んだが反応がない。

「寝ちゃいました？」

先輩はガバッとを身体を起こし、きょろきょろと見まわしたかと思うと、こんなことを修一郎さんに聞いてきた。

「おれはまだ生きてるよな？」

どうしたんですかと笑いながら聞くと、ほんの一瞬だが寝てしまい、妙な夢を見たのだという。

「横浜のレストランで料理長やっててさ」

「おー、いい夢じゃないですか」

うーんと唸る。

「でもその店、ここなんだよなあ」

「はは、正夢だったりして」

「いやいや、まてまてまて。それは困る。困るよ、だっておれくびがなくなっちゃうよ。」


大きな包丁で首を切り落とされる、先輩はそんな夢を見たという。

一年半後、包丁ではなく、ガードレールが先輩の首を切り落とす。

さしあげます

十年前、加賀さんは先輩の知人の家に間借りさせてもらったことがある。

その知人の兄が使っていたという部屋で、もう使わなくなったからという理由でタダ同然の家賃で借りられることになった。

これが思いのほかの好物件であった。

部屋があるのは二階で、二室を仕切る壁を抜いて一室にした大部屋だった。

一階と繋がる階段を完全に塞ぎ、玄関と外階段、風呂はないがトイレも付いている。

二階は完全に一階の住宅から独立しているので、生活していて家人とバッタリということもなく気を遣わなくていい。

家具や電化製品も知人の兄の使っていたものがそのまま残っており、さしあげますので自由に使ってくださいと言われていた。

下階からの生活音はほとんど感じないが、たまに男性の太い怒鳴り声が聞こえてきた。部屋を貸してくれた先輩の知人は高齢の母親と二人で暮らしていると聞いていた。話した感じではとても温厚で、怒鳴り声をあげるタイプには見えなかったので意外だった。


悠々とした間借り生活も一週間になろうという頃である。

テレビを見ていると、ふいに何かの臭いが鼻をかすめた。

食べ物が腐ったような臭いである。

鼻で辿っていくと冷蔵庫のあたりから臭っている。しかし、すぐに腐るようなものは入れていない。飲みかけの炭酸水や紅ショウガなどである。

この時は発生源を突き止めることはできず、臭いは少しずつ薄らいで消えてしまった。

数日後、また部屋の中で異臭を感じた。

以前と同じ臭いである。

今度こそはと臭いを追うが、またもや冷蔵庫に辿り着く。

中身は以前とほぼ変わっておらず、やはりすぐに腐るような物は入れてない。

こうなってくると原因は中ではないような気がする。

そこで加賀さんは冷蔵庫を移動させてみることにした。壁との隙間に何か臭いの原因となるものが入り込んでいるかもしれない、そう考えたからである。

しかし、苦労して移動させてはみたものの気になるものは見つからず、徒労に終わる。

そしてまた臭いはだんだんと薄らいでいき、気がつくと消えていたという。


「そこ、ほんとに大丈夫か？」

部屋の臭いのことを職場の同僚に話すと、ひどく心配をされた。

前に部屋を使っていた人物が今現在どこでどうしているのか、ちゃんと調べた方がいいという。お前の部屋で人が死んでいる疑いがあるぞと脅かしているのだ。

実は引っ越しを決める前から、加賀さんも同じことを考えていた。

この家の造りが気になったのだ。

二世帯で住んでいたわけでもないのに、わざわざ階段を塞ぎ、玄関を取り付けて二階を独立させた理由はなにか。

加賀さんには、この家の造りそのものが、兄と家族との関係が良好なものではなかったという証に見えてならなかった。高齢の母親も弟一人に任せっきりだったのかもしれない。

だがもし、そこまで仲が悪かったのなら、兄は家を出ればよかったのではないか。

そうはできなかった理由があるのだろう。

たとえば、兄が引きこもりだったという可能性。

もちろん、それを裏付けるものはなく、あくまで憶測止まりなのだが、十分に考えられる話だ。

部屋を貸してくれた先輩の知人はおよそ四十代後半。兄は五十代から六十代だろうか。

そう考えると家を出て自立したと考えるより、すでに亡くなっているという発想のほうが自然に思えてくる。

「その兄ってさ、弟に殺されてバラバラにされてるんじゃないのか」

変な映画の見すぎだよと笑い飛ばすが、同僚はいたって真剣な表情でこう続ける。

「ありえるぞ。その兄ってのは、しばらく冷蔵庫の中にいたのかもしれないぞ」


同僚の強いすすめもあり、冷蔵庫を処分することにした。

臭いがしただけで前の住人が殺されているなんて、あまりに飛躍しすぎた発想で馬鹿馬鹿しいとは思ったが、同僚の想像した話のイメージが頭に焼き付いてしまい、またそれが例の臭いと繋がってしまったため、どうも冷蔵庫を使いづらくなってしまったのだという。

「さしあげます」とは言われたが、念のために家主には冷蔵庫が故障をしたという虚偽の報告をすることにした。そのため、幾度か下の家を訪ねたのだが留守にしていることが多く、なかなか会うことができないので玄関ポストに手紙を入れておいた。

新しい冷蔵庫は遅めの引っ越し祝いとして、同僚がリサイクルショップで買ったものを車で運んでくれた。

その日はそのまま家で飲み、気がつくと終電がなくなっていたので同僚は泊まっていった。

「おい、おい」

同僚に揺すり起こされる。

どうした、と聞かずとも、起こされた理由がわかった。

どん、どん。

床が一定のリズムで振動している。

地震にしては妙な揺れだ。

同僚が床を指しながら声を潜める。

「下からやられてんだよ」

確かに、下から何かで突き上げられているような振動だ。

加賀さんが起きる少し前まで、下の家からは怒鳴り声もしていたという。

冷蔵庫を勝手に処分したことに対して怒っているのだろうか。

さしあげますと言っていたのに。

「少し騒ぎ過ぎたかな」

同僚が申し訳なさそうな顔をする。

いずれにしても、この怒り方は普通じゃない。いきなり退去を命ぜられても困るので、朝一番で謝りに行くことにした。

朝になって下の家を訪ねたが、呼び鈴を押しても出てこない。

まだ寝ているのか、あるいは居留守だろうかと困っていると、

「こっち、こっち」

家の裏手に回っていた同僚が手招きしている。

わずかに開いている窓がある。桟には泥や枯れ葉が溜まっており、しばらく開いたままの状態であったことがわかる。

室内は荒れ果てており、大量のゴミ袋や変色した布団が見える。室内からは二階の部屋で嗅ぐものとはまた別の異臭が放たれている。

「なあ、本当に母親たちがここに住んでるのか？」

畳に積もった埃の厚みが、どれだけこの部屋に人が立ち入っていないかを伝えていた。下には誰も住んでいなかった？

だが、かすかに聞こえていた生活音や、あの太い怒鳴り声はなんだったのか。

後日、先輩に知人の連絡先を聞いて電話をかけてみた。

しかし、相手は慌てた口調で「さしあげます」しか言わないので気味が悪くなり、早々に部屋を出たという。

なにを「さしあげます」なのか。

よく聞いておけばよかったと後悔しているそうだ。

あとがき

この本のためだけではないのですが、大口の取材の予定を二件取っておりました。どちらもこれまでの実話怪談本で大変お世話になっている方々です。

先方にも予定を空けていただき、ホテルの予約も済ませ、航空チケットも新幹線のチケットもとって、さあ準備万端、体力も万全、完璧な状態でした。

しかし、強かった。息子から頂戴した溶連菌は強かった。いや、もしかしたら川崎の遊戯施設・通称ぽんぽん山で子供たちからもらったのかもしれませんが、子供たちや感染経路の問題ではなく、これはただただ僕の運の悪さの問題です。そういうわけで、まずは一件目の取材がつぶれてしまいました。

二件目は、入院中の父親の血管が詰まりまして、急遽手術をするので同意書のサインと転院の同行をよろしくお願いしますということで当然すべての予定を白紙にいたしました。これは今現在でも何においても最優先されるべきことなので運がどうこうではなく、息子として当たり前のことです。

ではまた予定を立て直して行こうかとも思いましたが、取材を受けてくださる方は僕みたいな呑気な自由人ではないので、じゃあまた来週というわけにもいきません。

なので、怪談が足りません。

そこで、とある知人が引っ越しをしたけどテレビがないというので、彼女の人脈の広さを見込んで「テレビをあげるから怪談をくれ」と申し込んでみたところ、これがありがたいことに快諾。うちにあった割と新しいカッコいいテレビを早々に彼女のもとへ送り出すことで、僕の切羽詰まった状況を感じ取ってもらおうとしたのですが、これがまた功を奏し、続々と不思議な話を送っていただける運びとあいなりました。

しかし、ここで安心してはいけません。

その頃には締め切りが眼前にぶら下がっておりました。

ツイッターでは余裕な自分を演じておりましたが、心の中では、怪談が足りぬ、怪談が足りぬ、田を返せ！　と叫んでいたのです。聞こえていましたか？

その声が届いたのか、以前からご縁のある方からＬＩＮＥでお話を頂いたりもしたのですが、これはもうぜひお会いして聞かねばならぬという内容で、また、ここの出版社ではありませんが、まず妖怪のほうの本で先に書かせていただきたいという思いから今回の実話怪談本への収録は見送りました。そういうお話でした。

収録を見送ったといえば、完全に犯罪臭のするもので、名前を伏せたくらいではどうにもならない上に怪異がどこへ行ってしまったのかという話がいくつか。これはもう別ジャンルなので止めておきました。


いろいろありましたが、なんとか今年も本を出していただけることになりました。

関係者の皆様、そしてこの本を手に取っていただいた皆様には感謝の気持ちを今すぐにでも飛んで行ってお伝えしたいです。

よろしいでしょうか。

黒　史郎

異界怪談 底無

2019年8月6日　初版第1刷発行

著者　黒 史郎
企画・編集　中西如（Studio DARA）
発行人　後藤明信
発行所　株式会社 竹書房
〒102-0072 東京都千代田区飯田橋2-7-3
電話03（3264）1576（代表）
電話03（3234）6208（編集）
http://www.takeshobo.co.jp
印刷所　中央精版印刷株式会社

定価はカバーに表示しています。
落丁・乱丁本の場合は竹書房までお問い合わせください。

ISBN978-4-8019-1956-3 C0193